连接梦想的大桥

[韩]徐志源 著 [韩]权松二 绘 高思宇 译

中信出版集团|北京

科学家有话说

各位小朋友，
创造属于你们的美好世界吧！

　　各位小朋友，你们好。仔细观察一下我们身边的事物吧，那些能让我们的生活更安全、更便利的东西真是数也数不尽。一个国家的发展不能少了道路、铁路、隧道、水坝的帮助，这些设施叫作社会间接资本。桥梁也是其中的一个。大家可以想象一下，一个城市如果没有了连接河流两岸的桥梁，人们该多不方便啊？

　　桥梁帮助我们连接河流两岸、连接陆地和海上的小岛。跨海大桥要把桥墩的间隔建得足够宽，还要把桥面（也就是汽车行驶的地方）建得足够高，因为在海上行驶的船一般都很大，必须保证这些大船能顺利通过。为了解决这个问题，人们发明了用缆索代替桥墩承受桥梁重量的方法。想要运用好这种方法，需要非常高超的技术。还有，要想把桥墩之间的距离扩大到2千米，还要对桥梁所在区域的情况进行详尽的调查，比如要调查那个地方是不是经常地震，风力强不强。所以，可以说一个国家能建造的桥梁越大、越长、越坚固，这个国家的桥梁工程技术就越发达。

我是一名桥梁工程师，同时也是一名教授。20世纪80年代，也就是我学习桥梁知识的年月，那个时候韩国的桥梁工程技术还没有发展起来，想要建一座雄伟的大桥只能依靠外国人的技术支持，但是现在不一样了，目前为止通过韩国自主建设的桥梁有60多座。可以说，韩国桥梁工程技术的飞速发展让世人刮目相看。

一想到你们小小年纪就能读到这本书，还有可能因为这本书开始怀揣着当一名桥梁工程师的梦想，并朝着这个梦想不断前行，我就相信未来的桥梁工程领域将会大有不同。你们每个人都有可能成为引领未来桥梁工程技术发展的专家。愿你们和书中的主人公李顺晨一起，朝着桥梁工程学领域乘风破浪，一往无前。

金浩京
韩国首尔大学建筑环境专业教授

故事大王有话说

你们是时代的主角！

　　每个人都拥有梦想，可是没有一个梦想是光凭说说就能实现的。真正的梦想不是朦朦胧胧的梦想，也不是爸爸妈妈规定的梦想，而是让自己热血沸腾，即使路上充满艰难险阻也能坚持到底的梦想。

　　这本书讲述了一个关于桥梁工程师梦想的故事。我问过很多人：你的梦想是什么？目前为止，没有一个人说"我的梦想是建造出世界上最美丽的桥梁"。我们走过很多桥，可是我们都不了解桥梁是怎么建成的，也不知道是谁建造了它们，我们也没有对这些问题产生过好奇。所以，我们很难把建造桥梁当成自己的梦想。世界上的桥数也数不尽：有一眼望不到头的长桥，还有连接两座山、跨过惊险峡谷的桥，连接陆地和海岛的桥，连接两座海岛的桥，建在乡村溪水之上的垫脚石桥。桥梁连接的不仅仅是两片土地，更是两片土地上的人、时间，甚至连接起了不同的国度。很难想象如果没有桥，这个世界将会变成什么样子。

　　李舜臣大桥是一座无比巨大的桥。支撑着这座大桥的其实是一种非常细的钢索，非常结实，一根钢索可以承受住4吨，也就是一只大象的重量。李舜臣大桥上使用了非常多的钢索，可以绕地球两圈，是不是光想一想就觉得很长很长了？

　　现在，你们才是时代的主角，接下来轮到你们登场，将我们脑海中的想象变成现实。说不定未来可以建造出绕地球一圈的大桥，还可以建造出连接地球和宇宙的大桥……追梦的过程可能很辛苦，但是请大家不要放弃，每天朝着梦想迈出一小步就好。世界上没有谁能一下子就实现梦想。在这里，我要向心怀梦想、不断努力的你们说一声"加油"！

徐志源

目录

第1章
小不点李顺晨和102号房叔叔 1
- 为什么要建大桥?
- 请告诉我韩国最具代表性的大桥!
- 世界上还有哪些有名的大桥?

第2章
唠叨大王托马斯爷爷 31
- 古时候韩国都建了哪些桥?
- 托马斯·特尔福德是谁?

第3章

102号房叔叔来啦！ 59

- 桥梁的结构是怎样的？
- 桥梁有哪些种类？
- 怎么建造一座桥呢？

第4章

李顺晨见到了李舜臣！ 89

- 请介绍一下李舜臣大桥！
- 桥梁工程学是一门什么样的学科？
- 要想成为桥梁工程师，应该学些什么呢？
- 未来的桥梁是什么样的？

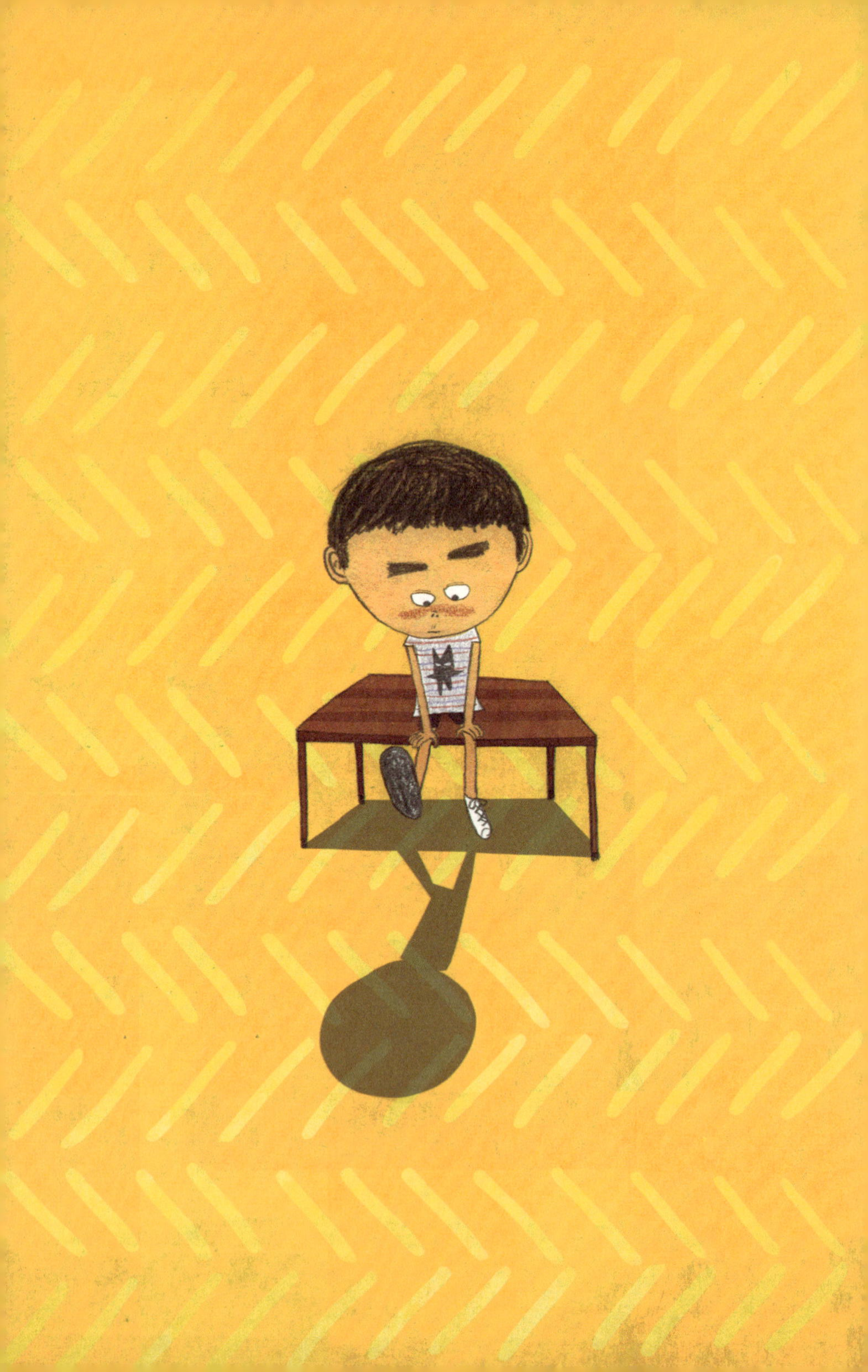

第1章

小不点李顺晨和 102号房叔叔

太阳火辣辣的,远远地能看到操场的另一边一条彩带正闪烁着亮眼的光芒。第一个冲过那条彩带的人就是冠军。我站在起跑线上,做好准备姿势,还悄悄地瞥了一眼站在身边的人。他叫吴冬九,是这次赛跑中最有可能拿第一的选手,虽然他也上三年级,可是他身高有一米六,而我只有一米三八。在我眼里,他好像一个很高很高的巨人。

冬九紧紧握住拳头,眼睛闪闪发亮,透出必胜的决心,好像要用他那双大长腿一口气从操场这头跑到操场

吴冬九

那头。

我也很想赢,我在心中暗暗祈祷着:"上帝呀,佛祖呀,还有山神呀,求求您保佑我拿第一吧!"

"砰!"

随着信号枪声响起,我拼命向前跑去。我和冬九一会儿我跑在前面,一会儿他跑在前面,你追我赶,不分上下。我们两个把其他班的同学远远地甩在后面,一起向终点冲去。这时同学们的欢呼声也越来越大,他们都在喊着:"吴冬九加油!""冬九冬九,第一永久!"

可能是给吴冬九加油的人嗓门太大了,所以我都没听到有人给我加油。

我叫李顺晨,在光阳市温韵小学上三年级,外号叫牙

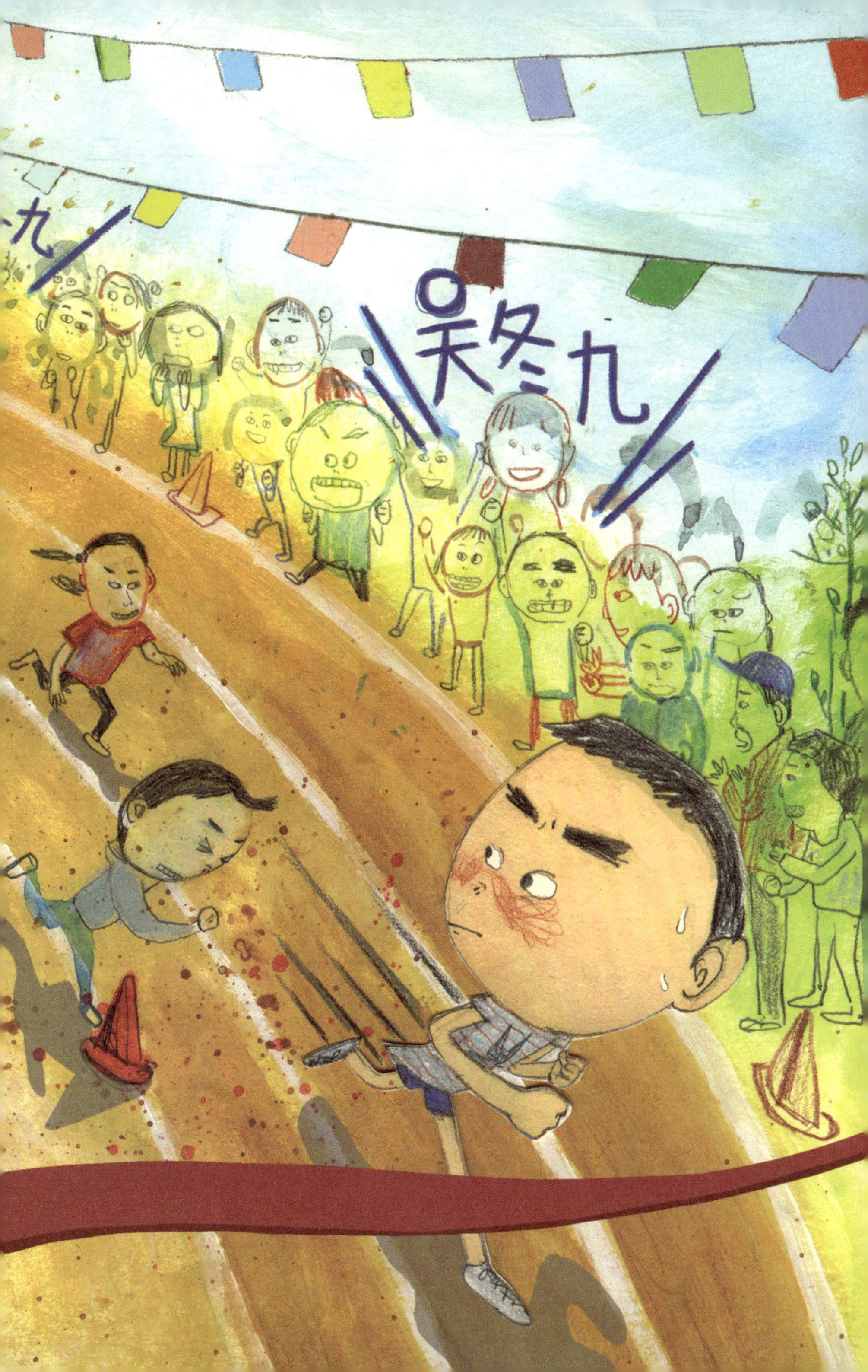

九
吴冬九

签，或者叫李舜臣将军。我的妈妈是越南人，爸爸是韩国人，也就是说，我生活在多元文化家庭环境中。有些大人说，我身上混杂着不同人种的血，所以他们还会叫我混血儿。可是，我的血看上去也没什么不同呀，为什么说是混血呢？

乍一看，我是一个普普通通的韩国小孩，但是仔细看的话就会发现我和别人有一点儿不一样——黑黝黝的皮肤，又圆又大的眼睛，还有黑黑的眉毛。可能就是因为我长得和别人不太一样，所以同学们都不太喜欢我。他们也没有不理我或者欺负我，只是不愿意和我做好朋友。我就像水，不是很冰的凉水，也不是很烫的热水，是那种温温的水……

正当我想到这里的时候，冬九突然崴了脚，一下子摔倒了。看到他摔倒，我觉得我或许应该停下来把他扶起来，可是我没有停，我拼命跑向了终点。

最后，我得了第一名。

我一边激动地尖叫，一边看向观众席。可是没有一个人看我，也没有一个人为我欢呼。

"冬九同学崴脚了，应该重新比赛！"

"对啊!这太不公平了!"

"李顺晨居然能拿第一,这不公平!"

同学们都在说着心里的不满。

就在这时,冬九气喘吁吁地单脚跳了过来,他一跳到终点,同学们都为他热烈鼓掌,还为他欢呼:"没关系!你最棒!"虽然冬九只是第四名,但他赢得了全场最热烈的掌声。

我一点也高兴不起来,脸皱得好像废旧的报纸,胸口闷闷的,好像被压了一块巨大的石头。

"辛苦了,顺晨同学,多亏了你,这次比赛咱们班拿了第一名。"老师在我的肩膀上轻轻地拍了两下说道。

我朝着老师点了一下头,转身朝教室走去。

虽然得到了老师的表扬,可我还是一点也高兴不起来。

放学回到家,奶奶像平常一样坐在客厅里择菜。电视机里传来流行演歌[1]歌手的声音。奶奶非常喜欢演歌,她干活的时候,打扫卫生的时候,择菜的时候,甚至是睡午

---

[1] 日本经典老歌。

觉的时候，都会听歌。因为这个，小时候我学会的第一首歌不是《韩语字母歌》，也不是《我的祖国最美好》，而是《男人是船》《山茶花叔叔》。

奶奶在光阳市场非常出名，市场里没有不认识奶奶的，如果真的有，那他很可能是别的国家来的间谍。奶奶这么有名是因为她唱歌非常好听，只要她一开口唱歌，逛市场的人都会回头看她。我遗传了奶奶会唱歌的基因，我

唱歌也很好听，可是我从来没有在学校唱过，即使有展示才艺的机会，同学们也没叫我表演过。

"树晨回来啦？"

"奶奶！我叫顺晨，不是树晨！"

"知道知道，树晨。"

真的好讨厌，奶奶总是读错我的名字。她唱歌的时候发音非常标准，从来不出错，可是一到说话，就会读错音，奇怪极了。

"奶奶，您明明是韩国人，为什么总是发错音？"

"这孩子，怎么突然找起我的碴儿了？"

"不和您说了！"

我本来想再顶两句嘴的，但还是把嘴边的话咽了回去，转身回了房间。

我胸口闷闷的，走到窗前，打开窗户，海风迎面吹来，风中还带着海水咸咸的味道。我听到了浪花哗啦啦的响声，还能看到远处正在修建的大桥。这座大桥已经建了好多年了。

"它什么时候才能建好啊？"

我东想西想着，然后一头扎进了床铺里。隔壁房间传

来嘻嘻哈哈的笑声,应该是来了新的民宿客人。

我家就在海边的白色沙滩上,开了一家民宿。爷爷是一个船长,他有一艘非常非常小的船,他每天抓鱼回来,卖给民宿的客人。奶奶每天负责打扫民宿的房间,给客人做辣鱼汤,或者给客人切生鱼片。

"树晨,去问问102号房的叔叔晚饭要不要吃辣鱼汤。"奶奶朝我喊道。我故意没有应声,奶奶马上又喊:"树晨!"

"知道啦!"

真是没办法,我只能起身,来到102号房间门口,敲了敲房门。

住在102号房间的叔叔是长租客人,不知道为什么,他已经在我家民宿里住了好几个星期了。

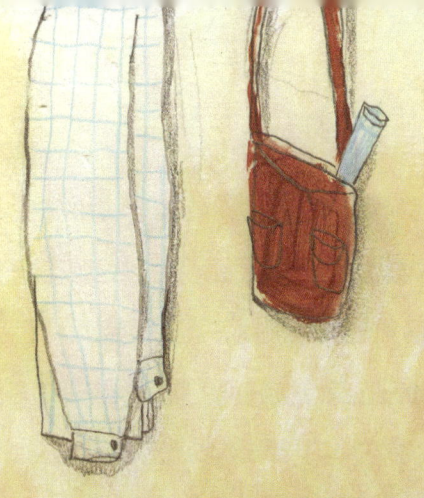

像这种住的时间比较长的客人，一般都会给他们减一些房租，但是奶奶并没有给这位叔叔减房租，只是说给他提供免费三餐。换作别的客人，一定会不高兴，或者直接说不给减房租就搬去别处，但是102号房的叔叔什么也没说，用奶奶的话说就是"他老老实实地交了房费"。

"叔叔，我奶奶问您晚上要不要吃辣鱼汤。"我把房门拉开了一条缝，朝着门缝里喊道。102号房的叔叔说吃什么都行。然后我就把叔叔的原话告诉了奶奶。

"要是来的客人都像102号房那样好说话就好了，住得越久越好。"

奶奶哼着歌走进了厨房。

做好晚饭，摆好桌子后，奶奶让我去叫102号房的叔叔吃饭。我按照吩咐，把叔叔叫了出来。

"树晨，你也喜欢辣鱼汤吧？"

"不喜欢！昨天也吃的是辣鱼汤，家里只有辣鱼汤吗？"

"辣鱼汤有什么不好，吃了身体好，吃了变聪明。"

骗人，吃辣鱼汤根本不会变聪明，我每天都吃辣鱼汤，但是从来没有考出过好成绩。

"辣鱼汤最讨厌了！"

"挑食的孩子长不高！"

说完，奶奶又在我的碗里加了一大勺辣鱼汤。

"我讨厌辣鱼汤！"

这时，安安静静坐在一旁的102号房叔叔开口说道："很早之前我就想问了，顺晨，你和大将军李舜臣有什么关系吗？"

他应该是想跟我开一个玩笑，但是他的语气和表情都很认真，看起来一点都不像在开玩笑。

"不知道。"

"你是不是跟李舜臣将军有一些特别的关系，所以大人才给你起了这样的名字？你不会是他的后代吧？"

这句话听起来也不像在开玩笑，102号房叔叔一点都不会逗人开心。

"不知道，您去问我爷爷吧，应该和李舜臣将军没什么关系。还有，叔叔，您说的玩笑一点都不好笑。"

"为什么？"

"因为我是混血儿啊。"

"这跟我开的玩笑有什么关系？"

"就是……算了。"

李舜臣将军是谁呢？

李舜臣是朝鲜民族英雄，他在壬辰卫国战争中重创日寇，是伟大的将军。而我爷爷是开小船的船长，爸爸是钢铁厂的工人，伟大的李舜臣将军怎么会和爷爷、爸爸有关系呢？他更不会像我一样，有一个从越南来的妈妈。

102号房叔叔因为没有逗笑我，有点失望的样子，为了不让他尴尬，我也吹了一点牛皮："听爷爷说，我们家在很久很久以前就住在光阳这片大海附近了，所以，我猜那个时候，我爷爷的高祖父的曾祖父可能和李舜臣将军是好朋友。"

"真的吗？"

"我们都姓李，还有，我家祖祖辈辈都住在这里，一直都在打鱼……"

"原来是这样。"

102号房叔叔点了点头，但他看起来并没有百分之百相信我说的话。"话说回来，顺晨，你的爸爸妈妈不住在这里吗？我一次也没见过他们。"

"爸爸和妈妈住在丽水。"

我想起了爸爸和妈妈，还有鼻涕虫哥哥笑起来的模样。哥哥和爸爸妈妈一起生活，他今年16岁了，可是没有爸爸妈妈的照顾，他自己什么也干不了。大人们说，哥哥是得了一种叫孤独症的病，即使长大了也一直需要别人的照顾。因为哥哥的原因，我只能和爸爸妈妈分开，和爷爷奶奶一起生活，爸爸妈妈没有更多的精力照顾我。

一想到这个，我的眼里就积满了泪水。

"怎么了，顺晨？是我说错什么话了吗？"102号房叔叔紧张地问。

"不是的。"

我摇了摇头。没有了吃饭的胃口，我说了一句"吃饱了"，然后就起身往外面走去。

穿鞋子的时候，听到奶奶数落102号房叔叔的声音："吃着饭提他爸妈的事干什么啊！"

"树晨，快过来，把饭吃完了。"

我假装没听到奶奶的话，朝房子后面的海边走去。我喜欢天黑前的海边，海水颜色渐渐变深，从天边蔓延到黄色的沙滩，把沙滩也染成了海水的颜色。

我在沙滩上漫不经心地走着，沙子跑进鞋子里，每走一步它们就沙沙作响。

"顺晨！"

突然，身后传来了102号房叔叔的声音。我回头望去，叔叔正远远地向我走来。

"这么快您就吃完了吗？"

"我也没什么胃口。"

叔叔说要和我一起散散步。

"刚才我说的话让你伤心了吗？"

"没有。"

"看来你是因为一些特殊原因才和爸爸妈妈分开住的，

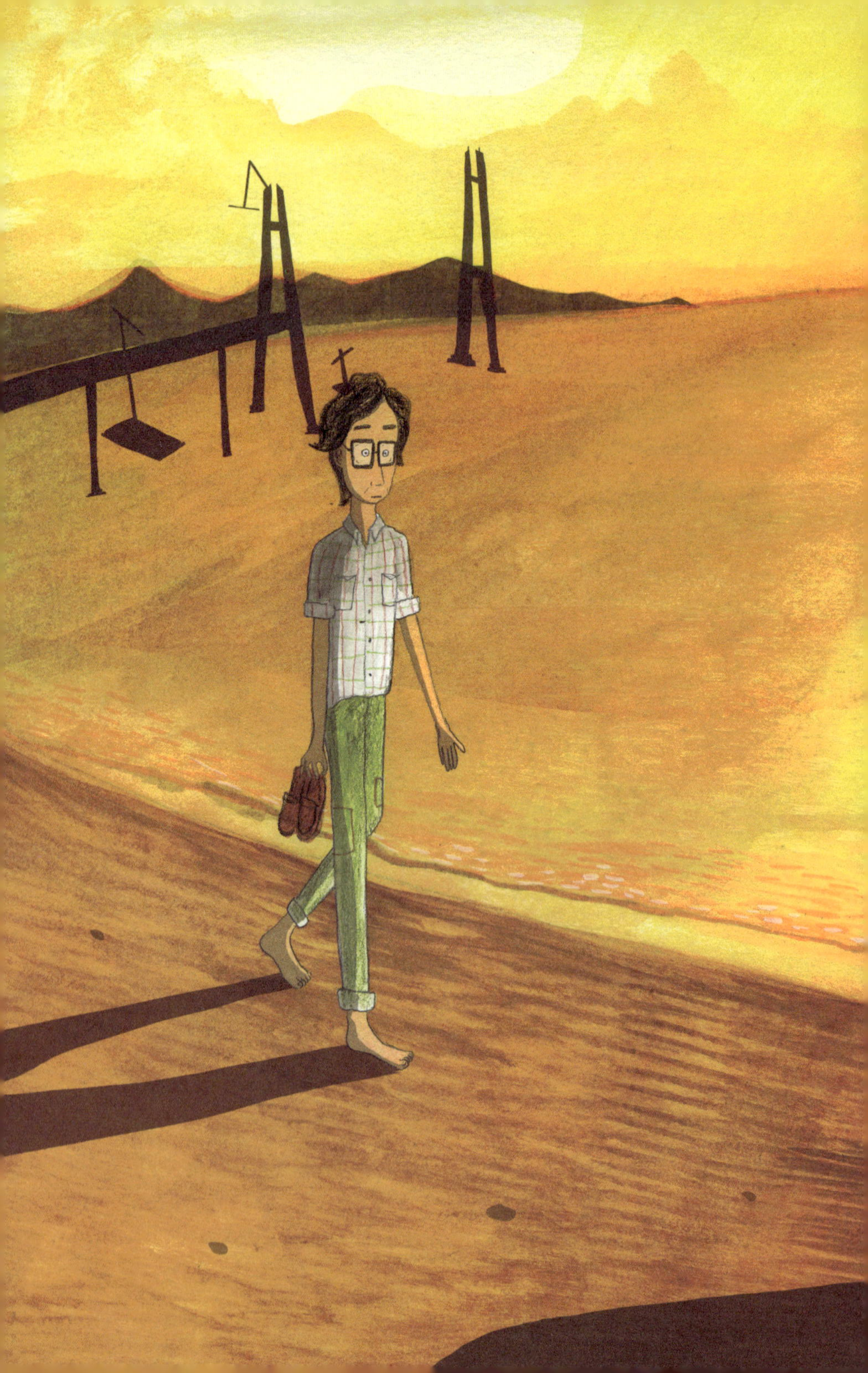

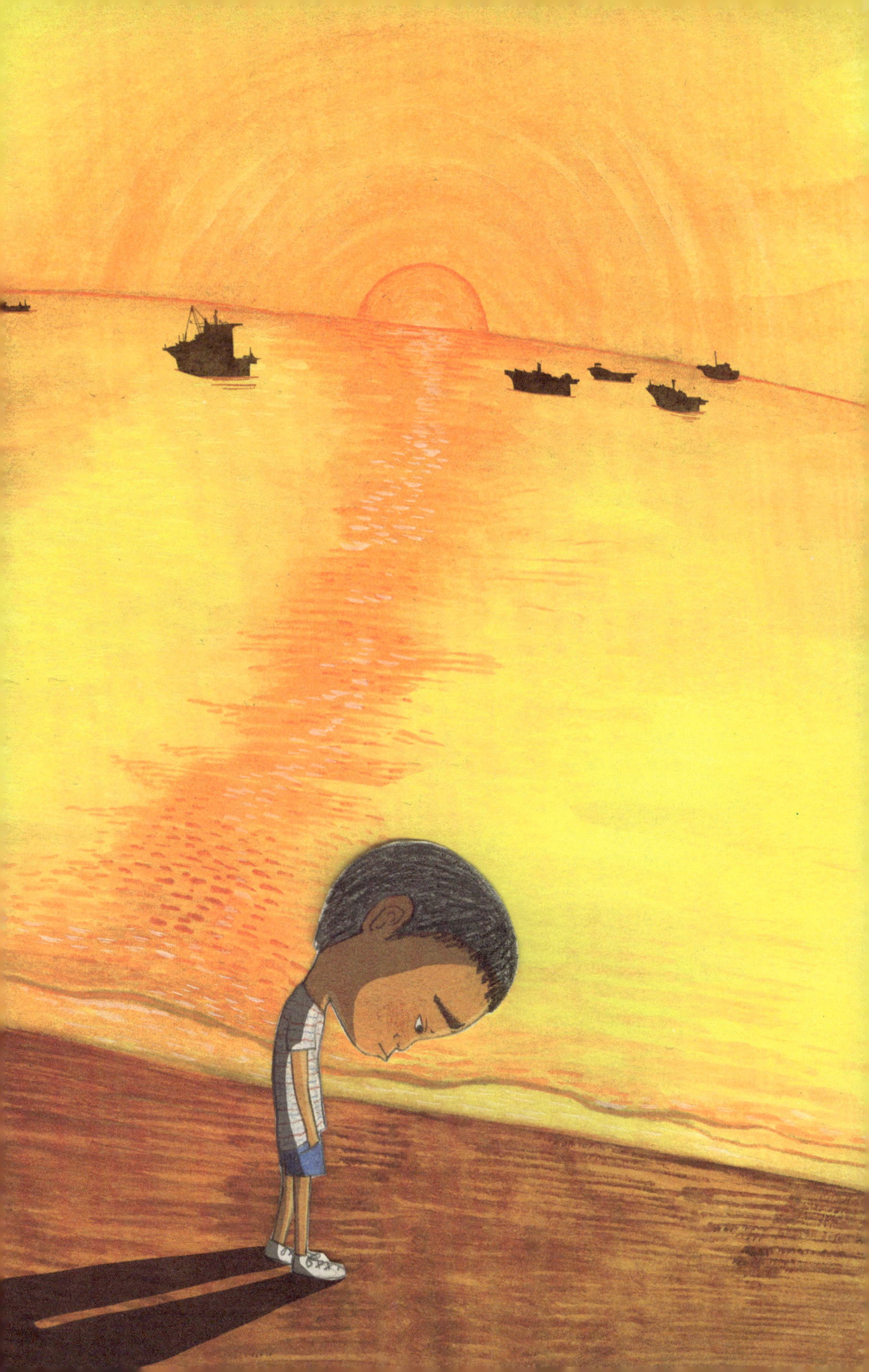

是我太没眼力见儿了，对不起呀。"

"真的没关系。"

走着走着，我停下脚步，抬头望向叔叔——

102号房叔叔非常高，而且还非常瘦，仿佛一阵风都能把他吹倒。他戴着黑色镜框的眼镜，镜片厚厚的，让人感觉他很有学识。

"叔叔您是做什么工作的？"

"怎么突然对我的工作感兴趣？"

"就是想知道。"

"我啊……我是建造大桥的人。"

"大桥？"

"看见那座将要连接丽水和光阳的大桥了吗？我就是负责建造它的人。"

"真的吗？"

"这四年来，我一直负责建造这座大桥，但是突然工期延长了，我也就得空休息一下，之前真的太累了。"

村子的不远处，正在修建大桥，那座桥可以把光阳和丽水连起来。在我上小学之前工程就开始了，到今天已经过了四年，可是大桥还没建完。今年又下了很多场大雪，刮了很多次台风，工程只能暂停了。

听说那座大桥很可能永远都建不成了。因为桥下有很多幽灵，那些幽灵总是出来捣乱。

"那……大桥什么时候能建好啊？"我指着那座能连接丽水和光阳的大桥说道。

"我也说不好……"

叔叔露出了没有把握的表情。

"叔叔您见过住在大桥下面的那些幽灵吗？"

"什么幽灵？"

"我听同学们说，壬辰卫国战争的时候很多倭寇都变成了幽灵，他们住在桥下，给大桥工程捣乱，不让大桥建成。"

"还有这样的传闻吗？"

这个传闻在学校里已经传开了，估计全校所有人都知道。

"没有幽灵吗？"

"也可能真的有幽灵吧……不然为什么大桥一直没有完工呢……"

叔叔看着远处的某个地方，好像在自言自语。

我说的话好像让叔叔难过了，忽然觉得有些对不起他。

犹豫了好半天，我才对叔叔说："我真的很希望大桥能赶紧建成，听说大桥建成了，从光阳去丽水会变得特别方便，一会儿工夫就能到了。那样的话，我去爸爸妈妈家也方便了，真是太好了……"

"是啊……"

我很努力地安慰着叔叔，可是叔叔的心情还是没有变好。看来我的安慰没有

起到什么作用,我在心中默默地想:就当作我们两个扯平了吧,反正之前叔叔也说了让我很伤心的话。

我和叔叔都沉默起来,气氛有点尴尬,幸好还有浪花在身边翻滚,不然我都快在这里待不下去了。

"我要回家了。"

"你还听过别的关于幽灵的传闻吗？"正当我想掉头回家时，叔叔问道。

"什……什么传闻？"

"什么都行，把你知道的都告诉我。"

"我听隔壁班的敏智说，倭寇的幽灵会出现在大桥工地附近。"

"倭寇幽灵？"

"就是壬辰卫国战争的时候，大将军李舜臣杀掉的那些倭寇。"

我咬了咬嘴唇，其实敏智没有告诉我这些，是我在传闻上又增加了一些自己的想象。

"能再说得详细一点吗？"

叔叔看着我，眼里充满好奇。

"别的我也不知道了，要不我再去问问敏智吧？"

"你跟敏智很要好吗？"

"我们肯定关系很好啊，因为她的妈妈也是越南人，'隐孤'都和'隐孤'玩。"

"隐孤？"

"就是隐隐约约被孤立的人。"

听到这里,叔叔的表情比刚才更严肃了。

我和叔叔说了一句再见,然后飞快地跑回了家。

为什么要建大桥？

你一定想象不到没有桥的世界是什么样子的，桥梁给人类带来了许多便利。

第一，有了桥，人们就能非常便利地通行了。没有桥，人们很难渡过江，也很难渡过河，山和山之间的峡谷也很难跨越。看起来很近的地方，也需要绕很远很远的路，或者要坐船才能到达。有了桥，不只是人能通行，汽车、火车、地铁都能通过，桥梁为我们节约了宝贵的时间。

第二，有了桥，我们才能更好地生活。我们的衣、食、住、行需要很多物资，有了桥，我们才能方便地得到这些物资。有了桥，小到一支铅笔，大到生活需要的各种东西都能被运送到全国各个地区，还能被送到其他国家。不只是物品，还有人们必需的水、电、通信电缆都能被送出去。电不是通过电缆传输的吗？大桥上就装有电缆，这样电就能轻轻松松地顺着大桥跨过江河和大海了。和电一样重要的还有水，人们在桥上装好输送管道，这样水也能顺着大桥运输了。除此之外，还能把电话线、网线等也安装在桥上，供人们使用。

第三，有了桥，人们就能共享政治、经济、社会等各个方面的信息，从而促进大家相互理解。桥方便人们知道外面的世界发生了怎样的变化。当然现在的无线通信技术也很发达，但是桥梁使人们能够"走出去，走进来"，真切地互动，促进人们之间相互理解，告诉人们人类是住在同一个地球村的共同体。

请告诉我韩国最具代表性的大桥！

从古至今，韩国已经建造了很多外形美观、功能性强的大桥。1973年韩国建成了南海大桥。2013年李舜臣大桥实现全线通车。李舜臣大桥是悬索桥，它所展现的高超桥梁工程技术令世人惊叹。

仁川大桥

仁川大桥连接了仁川国际机场与松岛新城市，全长21380米，是韩国最长的大桥。斜拉索从索塔向下倾斜出去，仿佛是一架正在冲向云霄的飞机。仁川大桥是一座斜拉桥。

傍花大桥

傍花大桥横跨汉江，全长2559米。据说这座桥的创作灵感来自飞机的起飞和降落，你看那桥的结构是不是弯成了优美的曲线？这种桥叫作拱桥。

广安里大桥

这座桥位于韩国釜山，也被称作"钻石之桥"，听到这个名字你有没有联想到什么？一到晚上，广安里大桥上数不清的照明灯同时亮起，灯光璀璨多彩，所以它才有了这个别名。广安里大桥分为两层，是一座结合了悬索桥和桁架桥的复合式结构的大桥。

居金大桥

居金大桥连接了居金岛与小鹿岛，全长 2028 米。这是一座机动车道与人行道上下分离的双层桥梁，一层是人行道和自行车车道，另外一层是机动车车道。

哇，有了这座桥，以后走路就能去居金岛了，太棒了！

世界上还有哪些有名的大桥？

世界上有很多著名的大桥，比如下面这些。

美国金门大桥

这座大桥是旧金山的地标性建筑，已经成了世界闻名的旅游景点。金门大桥于 1937 年竣工，设计师是累计设计桥梁超过 400 座的世界顶尖桥梁工程师约瑟夫·施特劳斯。

日本明石海峡大桥

这座大桥是悬索桥，1998 年通车运营，连接了神户市和淡路岛。桥上装有很多照明灯，到了夜晚，桥上灯火通明，美丽极了。

中国苏通长江大桥

苏通长江大桥横跨长江，这座桥2008年建成于中国江苏。全桥长32400米，其中跨江部分长8150米，主桥为双塔双索面钢箱梁斜拉桥。

澳大利亚海港大桥

这座桥为拱桥，位于悉尼，是澳大利亚的地标性建筑。它的特别之处在于它是世界上唯一一座允许游客攀爬到拱桥顶端的大桥。此外，大桥还设有桥塔瞭望台和海港大桥游客中心，吸引了很多游客。

法国诺曼底大桥

这是一座位于法国北部塞纳河河口的斜拉桥。由法国著名桥梁工程师米歇尔·维洛热设计，于1995年建成。这座桥优雅的建筑美感、牢靠的安全性能以及庞大的建筑规模受到了全世界的认可。

哇！

好漂亮！

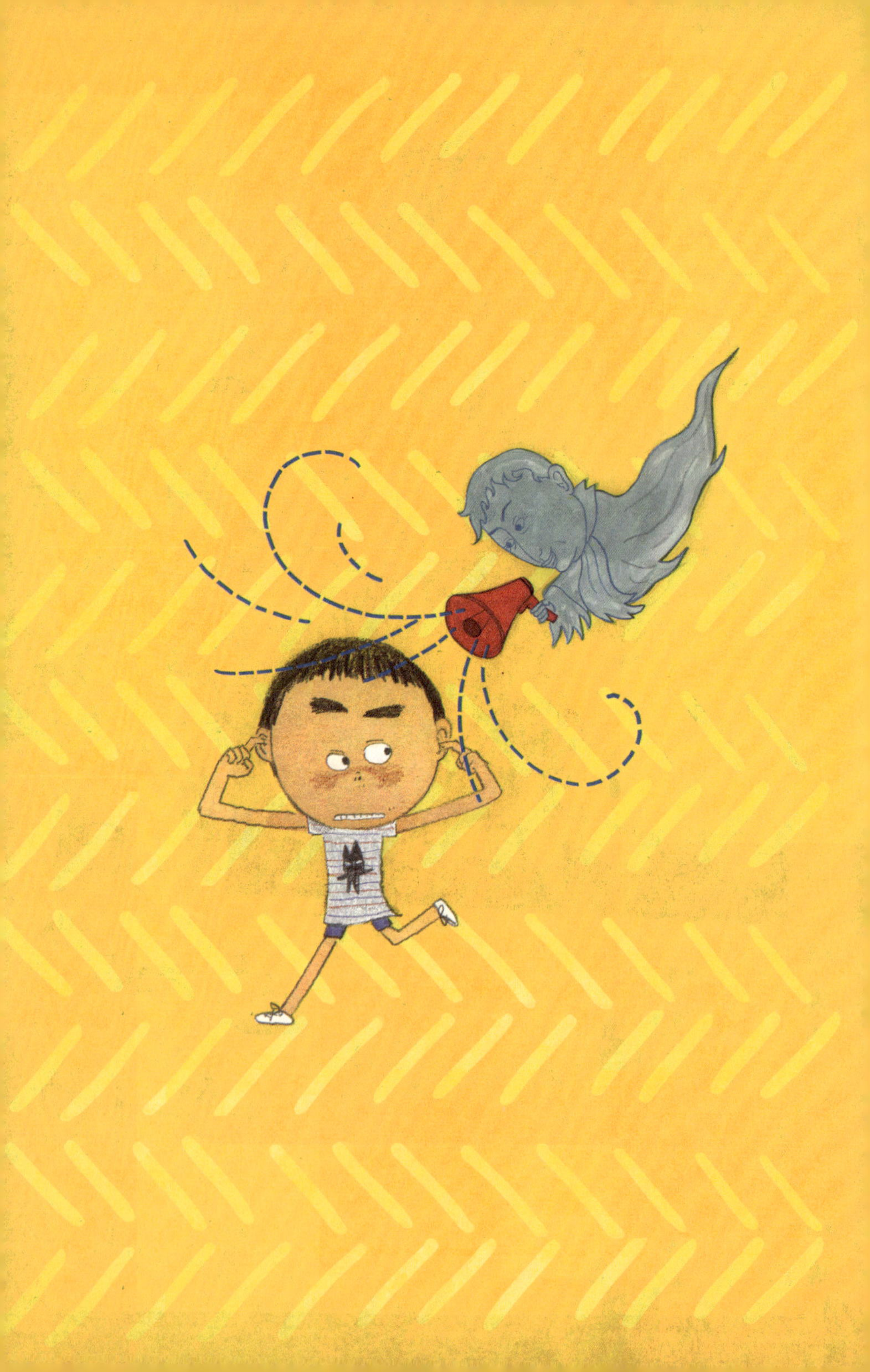

第2章

唠叨大王托马斯爷爷

冬九回到学校,他的腿上打了石膏。同学们都用同情的眼神看着他。本来冬九受伤和我没什么关系,但是有几个同学却瞪了瞪我,好像是我害得冬九受伤了一样。之前我一直没有把这件事放在心上,但是情况好像变得越来越糟糕了。

那天下午,我心里很不舒服,如坐针毡。一有同学看我,我心脏就怦怦地跳。我就像霜打的茄子,肩膀也挺不起来。都说祸不单行,没想到我刚回到家就看到哥哥来了。他是和爸爸一起来的。爸爸叫我照看一下哥哥,然后

庞怡特雷恩湖桥（美国）

嘉绍大桥

1956年 38.4km

杭州湾跨海大桥 36km

他就去了爷爷的房间。

"顺晨，干……干。"

哥哥像小孩子一样哭闹着，和我说他嗓子干，想喝水。我给哥哥倒了一杯水。哥哥拿着最靠近杯口的位置，水的一半流进了他的嘴里，另一半全都洒在了衣服上。

"烫！"哥哥一边用手掸着衣服一边说道。

"这个时候应该说凉。"

0.137km（中国）
2013年 东海大桥
中国 2005年
32.5km 上海洋山深水港
中国 2007年

我一边教哥哥说话，一边给他擦干了衣服上的水。

哥哥到现在还分不清"凉"和"烫"，也分不清白色、浅黄色、橘黄色、粉红色，也不会看表。但是哥哥有一个神奇的本领，他能把百科全书上的东西倒背如流。听说一些得了孤独症的人在某些方面会有惊人的能力，哥哥就是这类人。

"2013年完工的中国的嘉绍大桥是当时世界上最长的多塔斜拉桥，全长10.137千米。该大桥横跨杭州湾，是一座双向八车道跨海大桥。"

哥哥背着百科全书上有关大桥的内容，奶奶在一旁听得开心地眯起了眼睛，她拍着哥哥的屁股说："来，再给

33

奶奶背一个。"

看到奶奶鼓励的眼神,哥哥也来了兴致,他又开口背了起来:"杭州湾跨海大桥,全长36千米,2007年完工,位于杭州湾!东海大桥,全长32.5千米,2005年完工,连接了上海和洋山深水港!"

"哎呀,背得真好,真是我的乖孙子,真聪明!"

听到奶奶的夸奖,哥哥看了我一眼,开心地笑了起来,笑得像个小孩子。哥哥非常喜欢我,经常说想我,还会叫我的名字。可是,我很讨厌哥哥。

"爸,这件事就拜托您了。"

"我尽力。"

我看到爸爸从爷爷的房间出来了。爸爸严肃的时候喜欢把人叫到房间里,和别人单独说话。对妈妈是这样,对我也这样。刚才爸爸应该是和爷爷说了很严肃的事,因为我看到爷爷本来就黑黝黝的脸好像变得更黑了。

"爸爸。"

我叫了一声,可是爸爸看都没有看我一眼。

"要走了?"

"嗯。"

爸爸一边说着，一边走到了玄关。爸爸每次来都会给我零花钱，还会叮嘱我好好听爷爷奶奶的话，今天不知道怎么了，爸爸连看都没看我一眼。这时我才感觉到，一定是出了很严重的事。

"您不带着哥哥走吗？"

"哥哥会在这里住一段时间。"

爸爸只说了一句，就急匆匆走了。哥哥又看着我笑了一下。我转过头，看到放在沙发旁边的行李袋，里面应该装的是哥哥的衣服。我忽然担心起来。

"爷爷，出什么事了吗？"

"你爸爸要去越南待一阵子。"

"妈妈呢？"

"她也去。"

"为什么？"

之前我一直都想去一次越南，想去看看妈妈的祖国是什么样的。自从我和哥哥出生之后，妈妈就再也没回过越南。

"你外公不见了。"

"外公不见了？"

我只见过外公的照片，每年会和外公通两次电话，外公说越南语，我说韩语，所以每次的对话都很奇怪。可能就是因为语言不通，所以我从来没有想念过

外公。听说外公是一个渔夫,他经常在湄公河上打鱼。湄公河是一条跨国长河,由越南流入南海。前几天突然发洪水,外公的船被卷进了河里。知道这个消息后,妈妈先去了越南。

"所以,哥哥要在这儿住一段时间了吗?"

"嗯。"

那天晚上,哥哥一直没睡着,他在屋子里走来走去,弄得我也睡不着了,我一下子坐起来,对哥哥喊:"快点睡觉!"然后哥哥就哭了起来。

"呼……"

我深吸了一口气,这时哥哥突然闹腾着说热。

"要不要出去吹吹风?"

我像哄小孩子一样哄着哥哥。哥哥开心地答应了,然后自顾自地跑到门口自己穿上了鞋。哥哥就像我的弟弟一样,他只是年龄比我大而已。

我带着哥哥来到海边,海上起了浓浓的雾。哥哥开心地跑来跑去,最后朝着大桥施工的地方跑去。我怕把哥哥弄丢了,急急忙忙追了上去。

"哥哥!站住,别跑了!"

这时哥哥突然在桥下停了下来,呆呆地望着水面。

"怎么了?"

我走到哥哥身旁,朝着哥哥看的地方探出了头。就在这时,水里突然传来了奇怪的声音,有什么东西正在水里游动着。

"那是什么?"

我突然想到：会不会是幽灵？敏智不是说过幽灵会聚在桥下吗。我抓起哥哥的手拼命地往回跑。

"顺晨！李顺晨，慢点跑！"

哥哥在身后叫着我的名字，我赶紧捂住了哥哥的嘴。万一水里的东西真的是幽灵，万一那些真的是壬辰卫国战争时死去倭寇的鬼魂，他们听到"李舜臣"一定会

追过来的!

"唔!"

被捂住嘴的哥哥一直扭来扭去,动个不停。我朝他喊道:"别像个孩子一样闹来闹去,赶紧跟我过来!"就在这时,白茫茫的雾中突然出现了一个人影,那个人朝我们走来。我吓得腿都在哆嗦,太害怕了,差一点就尿了裤子。

这时,大雾里传来熟悉的声音:"是顺晨吗?"

原来是102号房的叔叔,我看着他,拍了拍胸脯。

"您在这里干什么呢?"

"没干什么……就是想起了从前……"

叔叔说他看着大桥,想起了自己的父亲。叔叔看起来有些难过。

"您的爸爸怎么了?"

"我父亲也是桥梁工程师,他年轻时去过日本留学,之后又去了英国,是一个非常果断的人。"

"哇!"

"小时候,我还去参观过父亲亲手建造的大桥,那时候我看着父亲戴着安全帽在工地指挥,仿佛看见了战功赫赫的大将军。"

叔叔的眼神飘向远方，仿佛在回忆着过去的时光。

叔叔说，他的爸爸出生在丽水附近的自峰岛，那座岛离陆地很远，没有船，人们就上不了陆地。叔叔的爸爸想建一座连接陆地和岛的大桥，所以他决定学习修建大桥。就这样，叔叔的爸爸去了国外留学，最终成为一名桥梁工程师。

"叔叔，什么是桥梁工程师？"

"桥梁工程师就是专门学习桥梁设计和桥梁建设的工程师。建造一座桥，需要很多工程学技术，包括了解桥梁的结构、地基情况和建筑材料等。桥梁工程师需要和各个领域的专家一起合作，一起设计桥梁，一起制订建筑规划。"

"也就是说，桥梁工程师就是建大桥的总负责人，对吗？"

"对。"

"叔叔，成为这个是不是……是不是很难？"

"成为什么？桥梁工程师吗？"

我点了点头。成为桥梁工程师，只是想想我就已经非常激动了。可是,像我这样的孩子能成为那么厉害的人吗?我既不是韩国人,也不是越南人,而且还很一般……

"那有什么不行的。"

"成为桥梁工程师不是很难吗?"

"2006年诺贝尔物理学奖得主乔治·斯穆特教授曾经说过,只要对探求科学原理和探求真理心怀热情和信念,即使不是天才,也可能成为科学家。做研究就像跑马拉松一样,要不抛弃,不放弃,坚持不懈。"

"马拉松?跑步的话我还是很有信心的。"

"哦?是吗?那你就很有可能成为非常优秀的桥梁工程师。"

听了叔叔的话,我瞬间充满了力量。我的梦想就连爸爸妈妈、爷爷奶奶都不知道,我把它藏在心里,今天能与人分享,还收获了鼓励和支持,我真的非常开心。

"对了,后来呢?叔叔的爸爸最后有没有建成连接小岛和陆地的大桥?"

"没有……"

叔叔说,在他小的时候,技术比较落后,那个时候建造连接小岛和陆地的大桥还是一件非常困难的事。但那

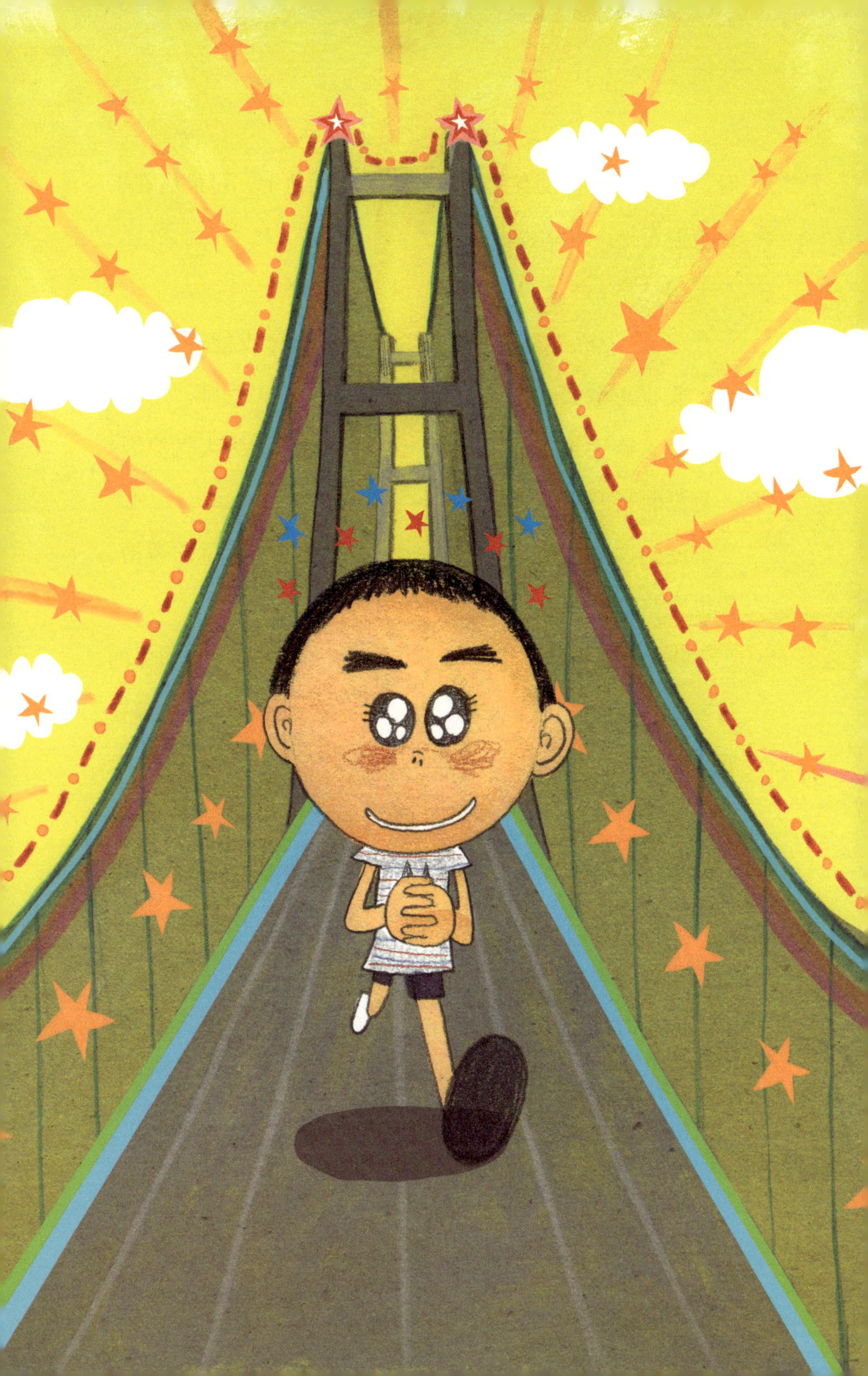

时,叔叔的爸爸没有放弃,他坚守在工地上,可最后在工地遭遇意外,不幸去世了。

"啊!"

"我成为桥梁工程师就是为了实现父亲没能达成的心愿,我也想像父亲那样,成为厉害的桥梁工程师。于是,我成了这座大桥的总工程师……没想到,因为天气原因,一直没能完工。"

说到这儿,叔叔苦笑了一下。看到叔叔难过的表情,我也有些难受。

我和102号房叔叔一边聊天,一边朝家走去,回去的路变得很漫长,因为哥哥一直吵着要看大海,一路上都在耍脾气。

从那天以后,大概过了三四天的样子,我像往常一样放学回到家,发现102号房叔叔的鞋子全都不见了,于是我就问奶奶叔叔去了哪里,奶奶说叔叔有事需要回家,已经收拾行李离开了。不知道为什么,我有些难过,忽然觉得没说一声就离开的叔叔有一点讨厌。

"树晨,去打扫一下那个叔叔的房间。"

奶奶嚷嚷着腰痛,动也动不了。自从哥哥来了之后,奶奶每天忙前忙后地照顾哥哥，累得生病了。我乖乖地来到叔叔之前住过的102号房间，刚要打扫，却发现叔叔的房间非常干净整齐，一点垃圾也没有，被子也叠得整整齐齐。

"咦？"

叔叔盖过的被子上放着一个背包。我把背包拉开朝里面看，里面有一副黑色太阳镜、一本和桥梁工程有关的外国书、一个笔记本，还有几枚硬币。

我把太阳镜拿出来，戴在脸上玩了起来，还学着叔叔的样子，提起了背包，又假装很认真地翻了翻笔记本，还把那几枚外国硬币拿出来，这儿看看那儿瞧瞧。就在这时，忽然有种奇怪的感觉，感觉好像有人在背后看着我……

我小心翼翼地回头看了一眼，啊！身后站着一个外国人！他有着超大的眼睛，突出的鼻子，厚厚的嘴唇……

"你……你是谁？"

"我？一般别人都叫我幽灵。"

"幽……幽灵？"

这个外国幽灵看起来好吓人。

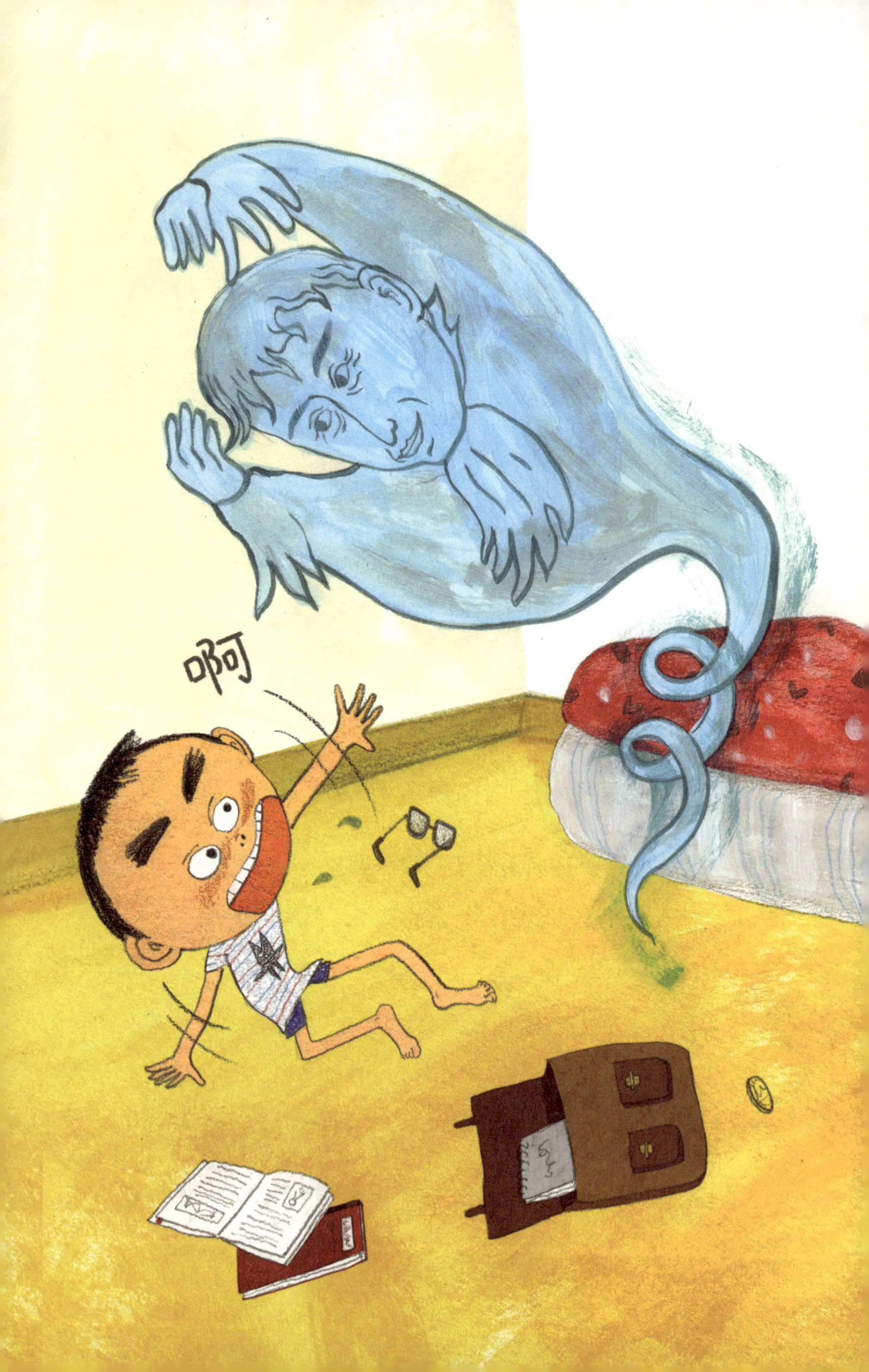
啊

"我已经150年没出来了，刚一出来还真是有点发蒙呢，这个世界真是大变模样了啊。话说回来，这是什么地方啊？英国？日本？还是美国？"

"这里……这里是韩国。"

刚才知道他是幽灵的时候，我还以为要出大事了呢，没想到幽灵也没有想象中那么可怕。而且这个幽灵还有一点大大咧咧的，问题非常多，有一点烦人。

"韩国？韩国是哪里？"

"嗯……我也不知道怎么回答这个问题，那您是从哪里来的呢？"

"我是苏格兰人。"

"苏格兰……那是什么地方？"

"我怎么解释才能让你明白呢？"

"那还是算了。"

这个话很多、问题也很多，还有些呆头呆脑的幽灵爷爷名叫托马斯·特尔福德。

"我之前可是很有名的桥梁工程师呢。"

"真的吗？"

这位幽灵爷爷说，他被封印在硬币里，已经150年没出来了。封印他的硬币上刻着梅奈桥，这座桥就是幽灵爷爷设计和主持建造的，人们为了纪念这座大桥，所以把它刻在了硬币上。

"多亏了你刚才一直在拿着硬币玩，不然我永远都出不来了。真是太感谢了。你以后叫我托马斯就好，我要成为你的好朋友，能拥有我这样聪明机智的幽灵朋友是你的荣幸，你千万不要觉得我不好相处，我这个人还是非常宽

宏大量的。"

　　托马斯爷爷一张口就说个不停。我暗暗心想：102号房叔叔不会就是因为嫌他吵才离开的吧？谁知道呢？说不定102号房叔叔就是因为受不了托马斯爷爷不停地说话，所以就赶紧逃跑啦！

古时候韩国都建了哪些桥？

古时候的桥可以分为两种，一种是石桥，一种是木桥。也可以根据形状的不同、制作工艺的不同来分类。接下来我们就看一看都有哪些桥吧。

石拱桥

·莲花桥和七宝桥，青云桥和白云桥

莲花桥和七宝桥两座石桥位于庆州佛国寺西部。据推测，两座石桥约始建于公元751年。两座桥是韩国的第22号国宝，连接了佛国寺的极乐殿和安养门。

庆州佛国寺东部的两座石桥分别叫青云桥和白云桥，两座桥连接了大雄殿和紫霞门，是韩国的第23号国宝。

▲ 庆州佛国寺的青云桥和白云桥

· 锦川桥

锦川桥是首尔昌德宫中的一座石桥，建于朝鲜王朝太宗十一年（1411年），是韩国的第1762号国宝。昌德宫的敦化门和进善门之间有一条小溪，锦川桥就是人们为了渡过这条小溪建造的桥。

· 玉川桥

玉川桥位于首尔昌庆宫的明政门前。这座桥是韩国的第386号国宝，建于朝鲜王朝成宗十五年（1484年），桥长9.9米，由花岗岩建成。它与昌德宫的锦川桥可以说是朝鲜时代最具代表性的美丽石桥。

板桥

板桥是指把宽木板或宽石板堆积起来组成的桥。

·箭串桥

箭串桥是韩国最具代表性的板桥，位于韩国首尔杏堂洞。这座桥建成于朝鲜王朝成宗十四年（1483年），它是朝鲜时代最长的板桥。

朝鲜王朝的开国君主李成桂曾朝着自己的儿子，也就是后来成为太宗的李芳远射过一箭，没有射中，箭插到了地上，所以这个地方被称为"箭串"，建在这里的这座桥被称为"箭串桥"。

·青石桥

史书上并没有明确地记载这座桥的修建时间，据推测，这座桥大约建于660年。1982年青石桥被选为忠清北道非物质文化遗产。从那以后，出于对文物的保护，人们再没有使用过这座桥。古时候，人们在河的两岸码放好石头，然后在河底铺上厚厚的石板，再在石板上面竖起两排石柱，最后在石柱上面放上又长又宽的石板。青石桥就是这样建造的。

石梁桥

梁桥是用梁作为主要承重结构的桥，用石头建成的梁桥叫作石梁桥。

·水标桥

在首尔的奖忠坛公园有一座梁桥叫作水标桥，用花岗岩筑成。据说这座桥建于朝鲜王朝世宗二年（1420年），当时桥附近有一个马市，所以这座桥也被称作"马前桥"。世宗二十三年（1441年），在桥边竖起了水位尺，用来测量清溪川的水位，从此，这座桥就改名为"水标桥"。在朝鲜王朝的500多年中，这座桥被修补了很多次。1958年，水标桥被转移到了奖忠坛公园。

木桥

·醉香桥

位于首尔的景福宫是首尔五大宫之首。景福宫内有一座凉亭叫作香远亭。这座香远亭坐落在一座小岛上,水面上连接小岛与周边陆地的桥就是醉香桥,意思是"沉醉于香气之中"。这是朝鲜时代建在池塘上的最长的木桥。朝鲜战争时期这座桥被大火烧毁,据说 1953 年才被重新修复。

啊,好美啊,我要沉醉了。

托马斯·特尔福德是谁？

前面说过，过去的桥主要是用木头和石头建造的。但是只靠木头和石头建不成又宽又长的大桥，建造出来的桥也不是很结实。所以人们开始寻找建造桥梁的新材料。

现在建造大桥使用的主要材料是混凝土和钢，最早用混凝土和钢建造大桥的人就是这本书中出现的托马斯爷爷——托马斯·特尔福德。

1757年，托马斯·特尔福德出生在苏格兰，长大后成为知名的土木工程师、建筑师和桥梁设计师。托马斯·特尔福德主持开凿了苏格兰的喀里多尼亚运河等多项大型基础设施项目。他最出名的成就就是建造了梅奈桥。

19世纪初，英国决定在梅奈海峡建一座大桥，把安格尔西岛和威尔士大陆连接起来。梅奈海峡海域的天气非常多变，当时的人们完全无法预料下一刻会是什么天气，这片海域又经常有大船经过，所以必须提高大桥的高度。

▲ 世界上第一座大型悬索桥——梅奈桥

梅奈桥于 1819 年开始施工建造，历时八年，到了 1826 年，这座世界上第一座大型悬索桥终于建成了。大桥全长 417 米，既实用又美观。190 多年来，这座桥被修补了很多次，但仍然很坚固，现在还有车辆在上面通行。

此外，托马斯·特尔福德还成立了世界上第一个土木工程学会，他被称为"土木工程之父"。

▲ 托马斯·特尔福德设计的旁特斯沃泰水道桥与运河

57

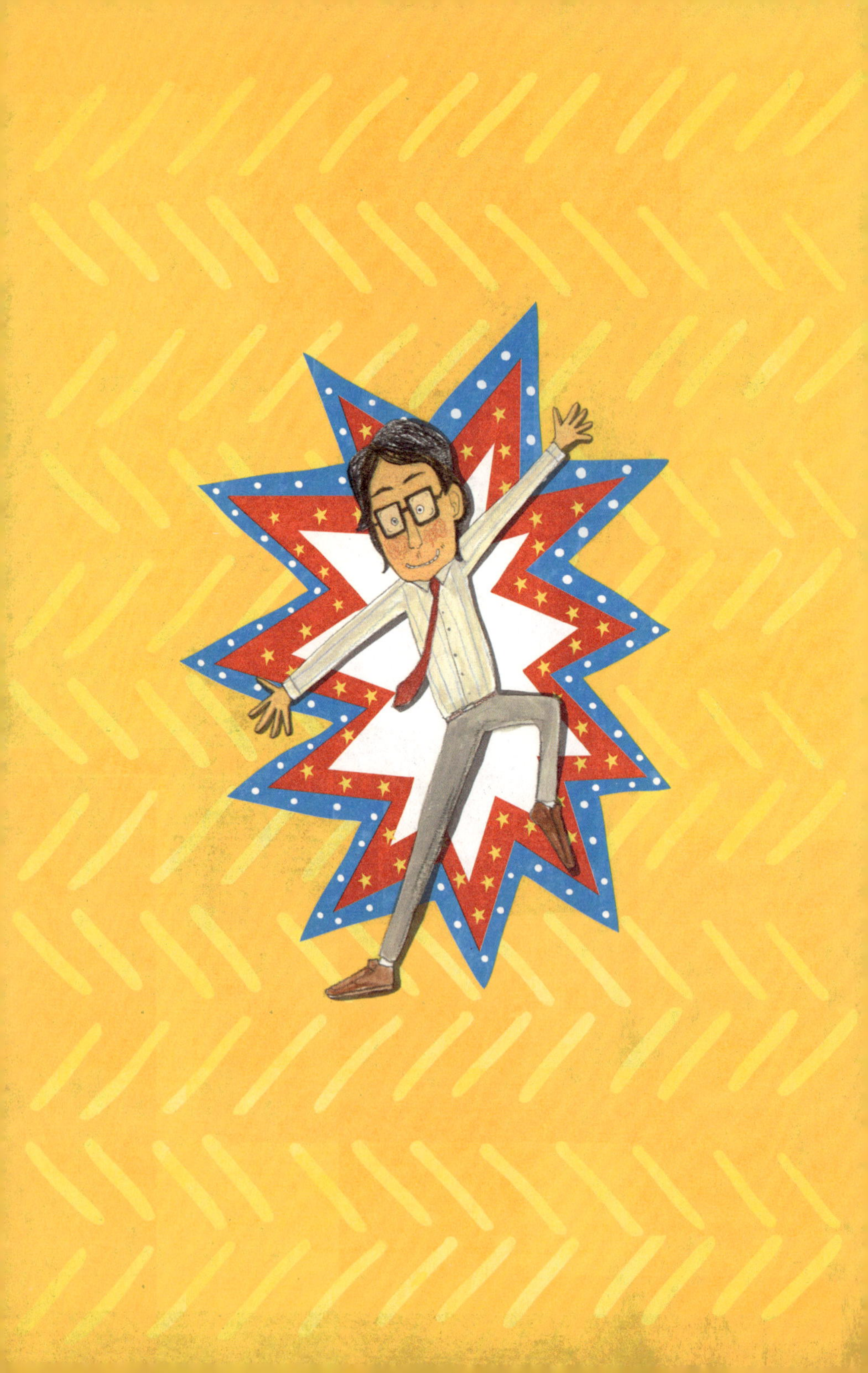

第 3 章

102号房叔叔来啦!

"李顺晨,你昨天晚上没睡觉吗?"

"怎么困成这样,大半夜跑出去玩了?"

上课的时候,我实在是太困了,一直一下一下地点头打瞌睡,同学们看到后都过来起哄。我费了好大的力气睁了下眼,看了一眼站在面前的同学,要是以前,我至少要瞪他们一眼,可是今天我实在是太困了,根本没有力气睁开眼,更别说瞪他们了。

"啊哈——"

我打了一个长长的哈欠。昨天晚上没睡好都是因为托

马斯爷爷，一到晚上，他就变得很有精神。他说，这是因为他是幽灵，幽灵都是白天睡觉晚上行动的。托马斯爷爷昨天晚上一直在和我说话，没完没了。

"你知道大桥是怎么建成的吗？现在通过电脑程序就能知道通过大桥的车和货物的重量，还能知道地震的频率、风向、风力、降水量、气温这些因素也在电脑上都有记录。我们那个时候可没有电脑，这些都得我们自己用脑子算出来。"

"您好厉害啊。"

"那当然。我们那个时候也查不到之前的记录，只能靠自己观察，观察，再观察！"

"嗯……"

"现在要想建一座桥,还要把相关土地、河流、大海的情况全都仔仔细细地调查清楚,我们那个时候……"

听着听着,我就睡着了,可我刚一睡着,托马斯爷爷就会把我摇醒。

"明天再聊好吗?"

"明天?明天早上吗?"

"对……"

"我早上要睡觉啊。"

"可是我现在就要睡觉……"

"我比你年纪大,你要多多理解我。"

"我比您年纪小,您应该多多照顾我啊。"

听到这儿,爷爷一时没接上话。我趁着他犹豫的时候赶紧盖上被子。就在我睡得正香时,突然有人打了我屁股一下。

我瞬间睁开眼睛,一看表,已经8点30分了。

"今天你怎么也这么让我操心？平时不都是一到点就起床的吗？"

我真想和奶奶解释一下，想告诉她有一个幽灵爷爷昨天晚上一直在我耳边说话，害得我没睡好。可是太阳一出来，那幽灵爷爷就不见了。

"下节课要去礼堂。"冬九朝我说道。我不知道他为什么突然告诉我这个，愣愣地抬头看向他。

"你不是在睡觉吗，我怕你没听到刚才老师说的话。"

"谢……谢谢你。"

我还真没听到老师说让所有人在礼堂集合。我呆呆地看着冬九。

"你跑得真挺快的。"

"嗯？"

"上次比赛的时候。"

"啊……"

我低下了头，正好看到了冬九受伤的脚。虽然他受伤和我没什么关系，可我每次看到他的脚，都会感到抱歉。

"我当时已经在很拼命地跑了，可是还是没有追上你。"

"是……是吗？"

"我的梦想是成为田径运动员,你呢?"

"我……"

我本想说"我的梦想是成为桥梁工程师",可是我没有勇气把它说出来,我嘴里就像含了一块豆腐,嘟嘟囔囔地说了半天也没说清楚。就在我考虑该怎么说的时候,同学们都去了礼堂,冬九也一瘸一拐地朝教室外走去。

"我帮你吧?"我鼓起勇气说道。

"好啊。"

冬九握住了我的手,暖暖的,原来握住别人的手的感觉是这样的啊,回想一下,我还从来没有在学校握过同学的手呢。

我和冬九走到礼堂时,三年级同学已经都到齐了。我小声地在冬九耳边问:"有什么活动吗?"

"老师说有一位叫白建宇的教授要来做演讲。"

"白建宇是谁?"

"我也不知道,听说是一位桥梁博士,很有名。"

"桥梁博士?"

就在这时,一个中年男人走到讲台中央。我踮起脚,伸长了脖子往前望去,想看一看那个人的脸。当我看清他

灭火器

的样子时，我啊的一声叫了出来，站在我们面前的、那个叫白建宇的博士是102号房叔叔！

"叔叔！"

102号房叔叔，不，应该是白建宇博士转过头，朝我皱了一下鼻子，眨了一下眼。在我认识的所有人里，居然还有这么厉害的人，都来我们学校做演讲了！没想到叔叔居然是这么有名的人。

"很高兴能和大家见面，我叫白建宇，是一名桥梁工程师。在开始正式演讲之前，我想出几个小问题考一考大家，给大家做一个小测试。"

一听到这位博士要提问题，同学们纷纷议论了起来。大家之前从来没有做过有关桥梁的小测试。

"第一个问题，桥是用什么材料建成的？"

"水泥！"同学们喊道。

102号房叔叔，不，是白建宇博士点了点头，说道："没错，准确地来说是水泥做成的混凝土。在建大桥的时候，混凝土是最重要的原料。其实混凝土被发明至今还不到200年，1824年英国的约瑟夫·阿斯谱丁发明了水泥，后来人们又用水泥制作出了混凝土，然后把混凝土应用

白建宇博士的有奖问答环节

到了房屋建筑和桥梁建筑上。"

说到这里,白博士停顿了一下,看了看同学们,然后接着说:"再说点更有意思的吧,同学们,你们知道世界上的第一座桥是用什么做的吗?"

同学们把自己想到的一股脑儿地说了出来。

"稻草?"

"石头!"

"不对哟,据说世界上的第一座

桥是用一根原木做成的，从新石器时代人们就开始用这种用木头搭成的桥。直到公元前200年左右，罗马人开始运用拱桥技术，在水上建桥。"

"那什么时候开始用铁建桥的呢？"一个同学提问道。

白博士笑了一下，回答道："18世纪工业革命时期出现了世界上第一座铁桥，直到现在在英国还能看到它。这座桥叫伊尔福德桥，现在已经成为珍贵的历史文物。"

"下一个问题，答对有奖。"

奖品是白博士亲手做的桥梁模型，被放在透明的箱子里。他说这座桥正在建设中，是连接光阳和丽水的大桥。

"下一个问题。"

每位同学都想拿到那个模型，大家都认真听着。

"有一种桥梁结构最早是由意大利的建筑师安德烈亚·帕拉迪奥发明的。19世纪初，美国的铁路运输迎来鼎盛期，这种桥梁结构得到了广泛应用。韩国汉江上的圣水大桥、成山大桥等都是这种结构。这种桥叫什么桥呢？"

听了这个问题,同学们都目瞪口呆,全都不知道答案,甚至有的同学都没有听懂题目的意思。可是,我知道答案。

"没有人知道答案吗?"

白博士朝着我们这边看了一圈问道。我很纠结,不知道该不该举手。这时,白博士指着我说道:"站在最后面的那位同学。"

"我……我吗?"

"对,就是你,你叫什么名字?"

"我叫李顺……晨。"

"李顺晨同学,很好,你好像知道答案的样子,你来说一说吧。"

听到白博士的话,同学们嘻嘻哈哈地笑了起来,他们都觉得我肯定不知道答案。

"答案是,桁架桥。"我小心翼翼地回答道。同学们听到我的答案后大声笑了出来。

"随便说一个就是正确答案了吗?"

"就是,不知道就说不知道呗。"

可是,站在讲台上的白博士却鼓起了掌,还夸我真棒。

"回答正确！李顺晨同学，看来你知道很多有关桥梁的知识嘛。"

"哇！"

同学们也都惊讶地叫了出来。老师们也惊讶地看着我，好像重新认识我了一样。我害羞地垂下了头。

"李顺晨同学,你的梦想是什么?"

"我……"

"大声说出来,没关系的。"

"我的梦想是……成为建造桥梁的……桥梁工程师。我想建造出我们国家需要的大桥,很坚固的大桥。"

听了我的话,有的同学说我不可能成为桥梁工程师。

"怎么不可能呢?"白博士问道。

桁架桥

明哲撇着嘴说:"他都不是百分之百的韩国人。"

"就是!"别的同学也都点着头,非常同意明哲的话。

"怎么会不是韩国人呢?顺晨同学绝对是韩国人啊。"白博士严肃地说。

同学们听了白博士的话,全都安静了下来。然后,白博士让我去前面领奖品,我紧张地走上了讲台,腿有些发抖。白博士把桥梁模型连同透明箱子一起递给了我。我用余光朝台下看了一下,同学们看我的眼神,好像我是作弊拿到了模型一样。

"我还是不要了。"

"不行,这是你应得的。"白博士说。

我犹豫了一会儿,伸出了手。拿到奖品的那一瞬间,礼堂后面突然传来了掌声,我回头望去,原来是冬九正在为我鼓掌。

"都干什么呢,顺晨答对问题得奖了,应该给他鼓掌啊。"

听到冬九的话,同学们有些不情愿地鼓起了掌。虽然大家的鼓掌不情愿,但听到掌声,我好像没那么紧张了。

"顺晨同学,为了鼓励你,我要带你去参观连接丽水和光阳的那座大桥。"

"真的吗?"

"你也可以叫上其他朋友,但是必须经过我的同意。"

听到这,同学们又小声议论了起来。

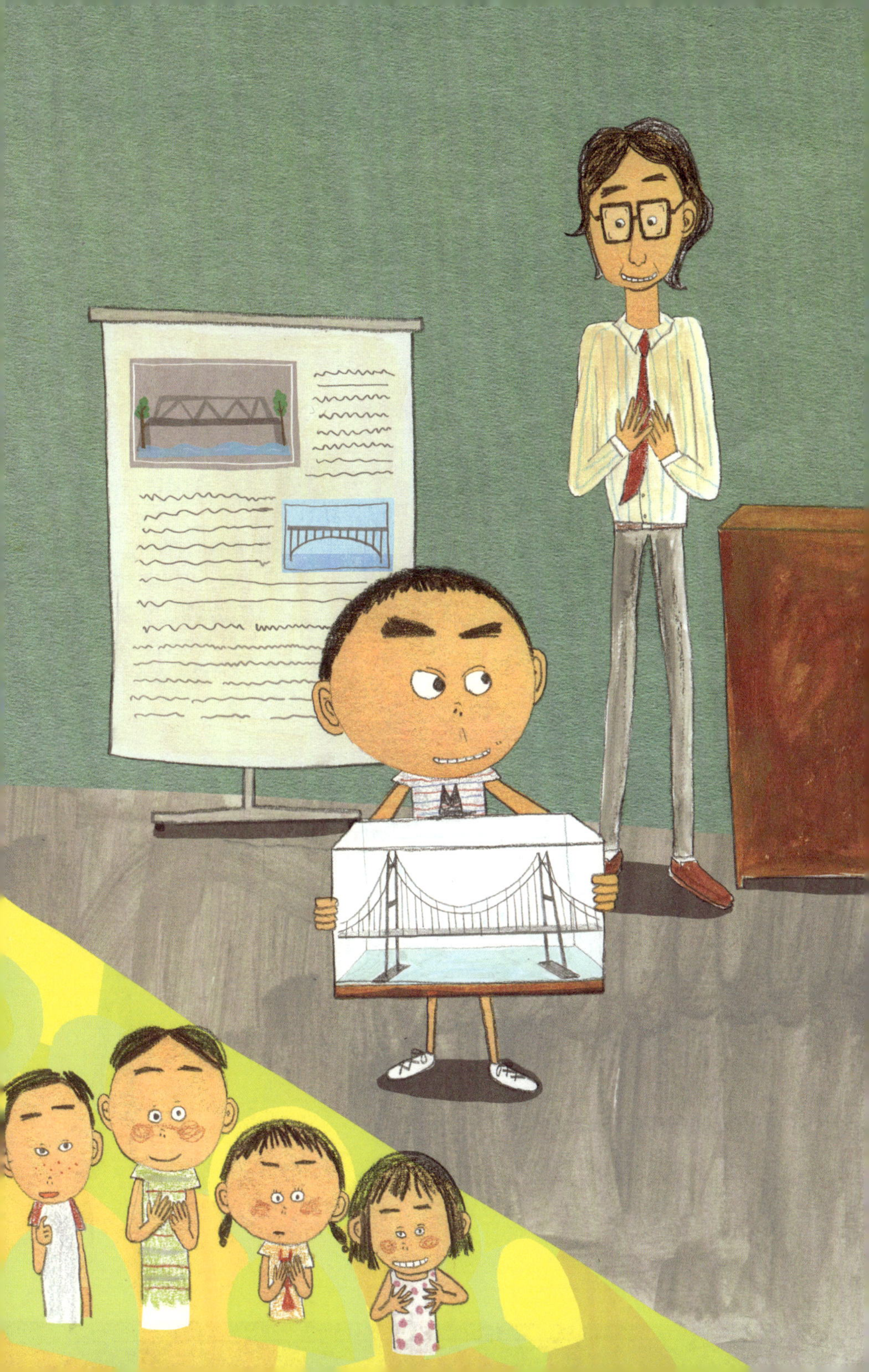

桥梁的结构是怎样的?

桥梁主要分为上部结构和下部结构。上部结构包括桥面和主梁等;下部结构包括桥墩和桥梁基础等,桥墩就是连接上部结构和桥梁基础的部分,桥梁基础是桥梁最下部的结构,上承墩台。我这样说你是不是听不懂?看一看下面的图你就明白啦。

> 这种桥叫作梁桥,之前已经介绍过石梁桥了,还记得吗?现在大部分的桥都是用混凝土和钢建造的。因为梁桥施工规模相对比较小,也不需要投入太多钱,所以人们大多会建梁桥。

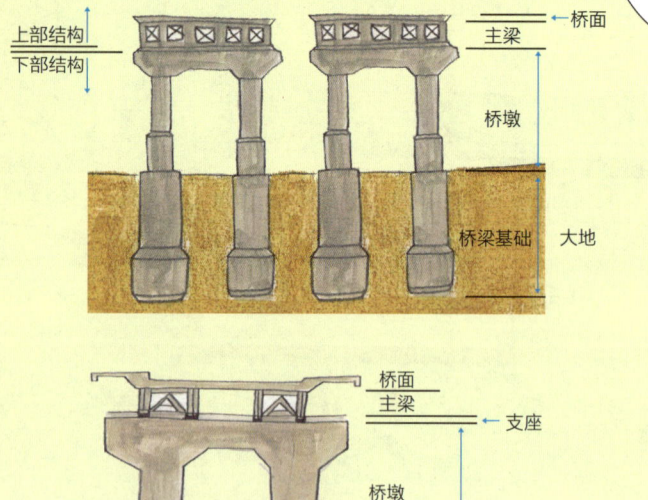

桥梁有哪些种类？

桥梁可以按照结构体系进行分类，接下来详细地介绍一下。

浮桥

打仗或者发生紧急情况时，有时需要迅速地搭一座桥。这个时候我们就会搭一座浮桥。简单地说，浮桥就是用船或浮箱代替桥墩，浮在水面的桥梁。这种桥一般搭在江面或者湖面上，用来运输装备或兵力。

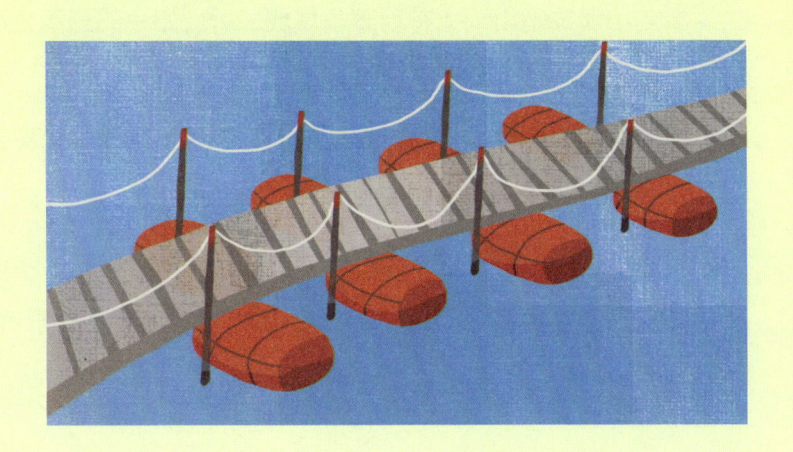

悬索桥

悬索桥很特别，它的建造方式和其他的桥有很大的不同。悬索桥的历史很悠久，很久之前人们就用藤树条或爬山虎藤做成桥。直到现在，在秘鲁或喜马拉雅丛林里也能看到小溪或是山涧上有用藤条做成的桥。如今的悬索桥可以看作是把藤条换成了钢索。

其他的桥是靠桥墩支撑着桥的上部结构，而悬索桥是用钢索连接两个主塔，把桥吊起来。当桥梁的长度超过1000米时，多用悬索桥结构。建造一座悬索桥要投入很多钱，但在深海或者很宽的江面上非常适合建造悬索桥。韩国的李舜臣大桥、永宗大桥、南海大桥等都是悬索桥。

斜拉桥

斜拉桥是在桥墩上建塔柱，再从塔柱上伸出很多拉索，用拉索把桥梁的上部结构拉起来。韩国最具代表性的斜拉桥是仁川大桥。拉索悬吊着主梁，将所受荷载传递给塔柱和桥墩，所以拉索被拉得直直的。斜拉桥的建筑方式比悬索桥更简单，投入的钱更少，建出来的桥也更好看。韩国有很多斜拉桥，比如仁川大桥、居金大桥、西海大桥。

桁架桥

　　桁架一般是指用直杆组成的三角形框结构，桁架桥是以桁架形式作为上部结构主要承重构件的桥梁。与其他形状相比，三角形更加稳定，不容易歪斜，所以把钢材做成三角形会使大桥更加稳固。韩国汉江上的圣水大桥、成山大桥、东湖大桥就是桁架桥。

拱桥

在所有桥梁结构当中，拱桥历史最悠久，也是人们最熟悉的一种结构。拱桥是将石头或者砖块垒成曲线建起来的桥，外形美观，与大自然融为一体，古时候很多有名的建筑中都有拱形结构。还记得我在前面讲到的韩国的石拱桥吗？拱形结构可以把重力分散到两边，让建筑更加牢固。韩国的汉江大桥、铜雀大桥、西江大桥都是拱桥。

怎么建造一座桥呢？

要想建造一座桥，大致可以分为以下几个步骤：制订计划、设计图纸、实施工程。看起来很简单，其实一点也不简单。要想建造一座既结实又漂亮的大桥，最重要的就是制订周密的计划，所以在制订计划时，每个人都要非常细心谨慎。因为一旦建桥计划发生改变，设计图纸也会发生变化，最后施工方式也会改变。接下来我们就一起看看建造桥梁的具体步骤吧。

1. 计划阶段

①初步调查

首先要对桥梁建设区域的地形、地质进行调查。要看看这个地方的地形适不适合建桥，看一看海水、河水的流速是不是过快，还要调查清楚这个地方是不是经常发生地震。

②选定位置

在这个阶段，我们要根据初步调查的结果选定搭建桥梁的位置。尤其是在河流或是海峡上建桥，选择位置时要避开那些水深和河床样貌会发生变化的地方，这一点很重要。

③决定桥梁结构

前面我们已经学习了很多种桥梁结构，有梁桥、拱桥、斜拉桥等，我们要根据具体的调查结果决定最后建一座什么结构的桥。大桥非常大，大到在天空中都能看到它的轮廓，所以让大桥和周围的环境相协调也很重要。另外，我们还要考虑建造桥梁时的费用和大桥建成后的桥梁维护费用。

2. 设计阶段

有了前面的调查结果和周密的计划内容，接下来就要画设计图了。桥梁结构不同，设计图也会不同，但都可以分为上部结构和下部结构。

3. 施工阶段

在建造桥梁时，先从下部结构开始建起，然后再搭建上部结构。在建造下部结构时，要保证下部结构自身的重力以及上部结构的重力能够完美地传递给地面，同时保证下部结构符合上部结构的设计条件。所以说，桥梁的结构决定施工方式。

建造悬索桥

建造悬索桥的步骤大致可以分为基础施工、主塔施工、锚碇施工、主缆施工和桥面搭建工程。

1. 基础施工

支撑大桥的桥墩下有一些桩子,这些桩子便是用来支撑桥墩的桥梁基础。前期基础性工程就是要从水底开始搭建这些桩子,把它们搭到和水面一样高。

2. 主塔施工

结束了前期基础性工程后,要在桩子的顶端建造出一片平地,在这块平地上搭建主塔。建设主塔时,要一层一

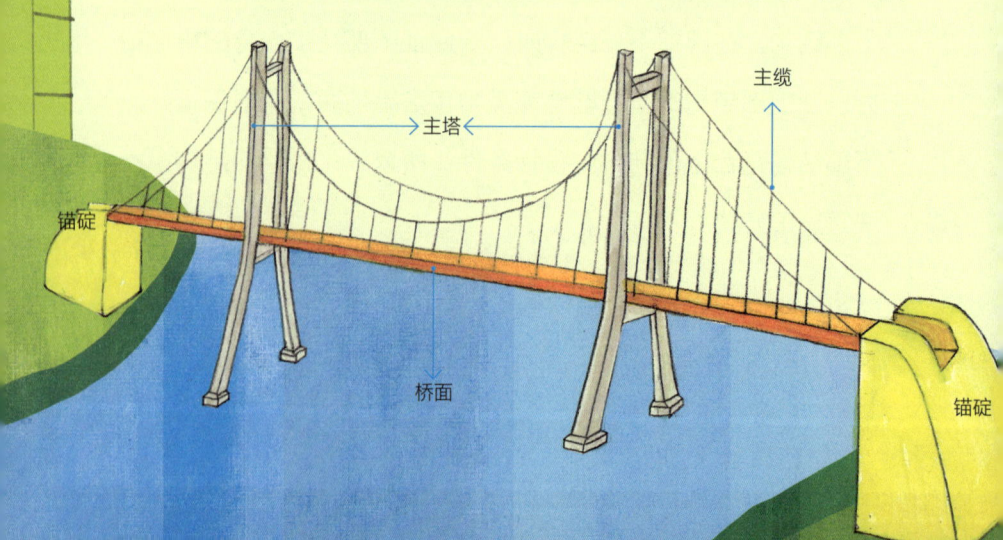

层地浇筑混凝土，所以花费的时间很长，这个阶段也会使用到钢筋。

3. 锚碇施工

锚碇是用来固定缆的。如果没有锚碇，悬索桥就会失去平衡，向内侧倾斜。所以要把锚碇建得结结实实，即使缆受到了很大的拉力，它也能保持稳定。在大桥两端寻找一片结实的土地，把桥梁的缆的末端用混凝土浇筑进锚碇中。

4. 主缆施工

在建好桥面后，一般我们会借用船或直升机来连接主缆，有的时候是一根一根地连接，有的时候是一捆一捆地连接。缆索分为主缆和吊索，把主缆搭好之后，再在主缆上以相同的间隔连接好吊索。

5. 桥面搭建工程

把所有缆索都连接好之后，下一步就要使用海上吊车把箱梁和吊索连接起来。箱梁是桥面道路的一部分，把箱梁全都搭好后，桥面工作也就快结束了。在箱梁的边缘装上栏杆，再浇盖好沥青，我们的大桥就建好啦。

建造斜拉桥

和悬索桥不同，斜拉桥的拉索连接着桥面和主塔。斜拉桥是没有锚碇的，那么斜拉桥是怎么承载重量的呢？在连接拉索时，以主塔为中心，让主塔左右两边完全对称，当拉索拉紧时，整座大桥就能保持平衡。建造斜拉桥分为三个步骤：基础施工、主塔施工、拉索和桥面施工。

1. 基础施工

斜拉桥的基础施工和悬索桥的基础施工一样，首先要建桥梁基础。

2. 主塔施工

这部分的建造过程也同于悬索桥的主塔搭建过程。

3. 拉索和桥面施工

搭建好主塔后，我们要用拉索把桥面吊起来。将拉索的一端穿进主塔的孔中，另一端连接好箱梁，这个箱梁就是将来的桥面。这时最重要的是把拉索拉紧、拉直，让主塔两侧保持平衡。拉索连接着箱梁，以主塔为中心向外扩展，最终会在某一点与另外一座主塔的箱梁相遇。这样桥面的雏形就建好了，再在上面安装好栏杆，浇盖好沥青，大桥就完工了。

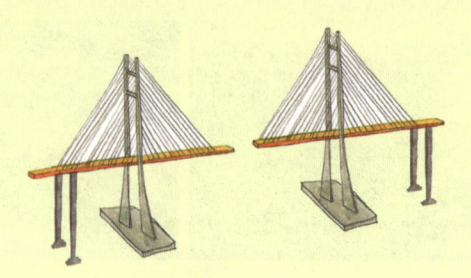

拉索

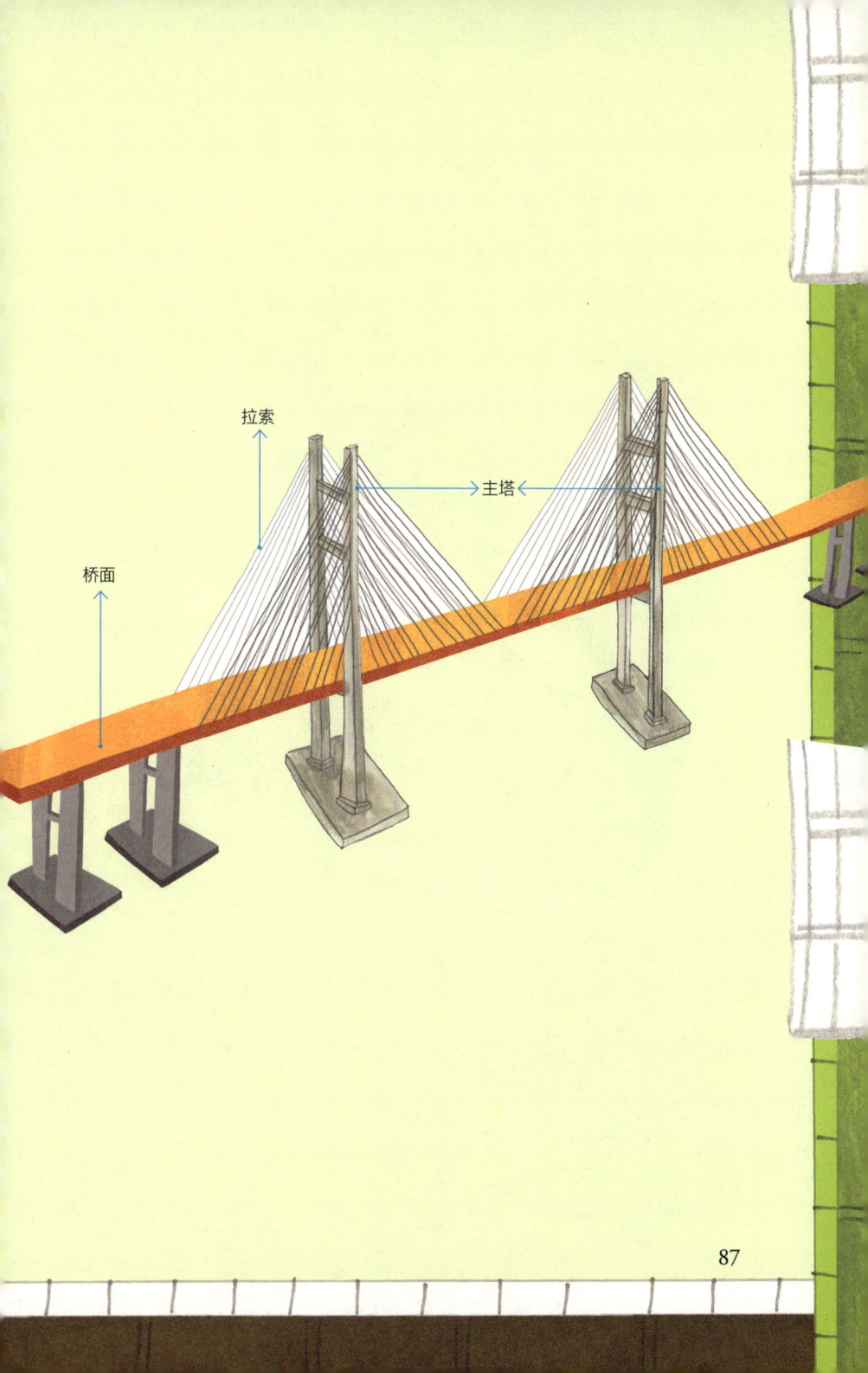

主塔

桥面

致李顺晨：

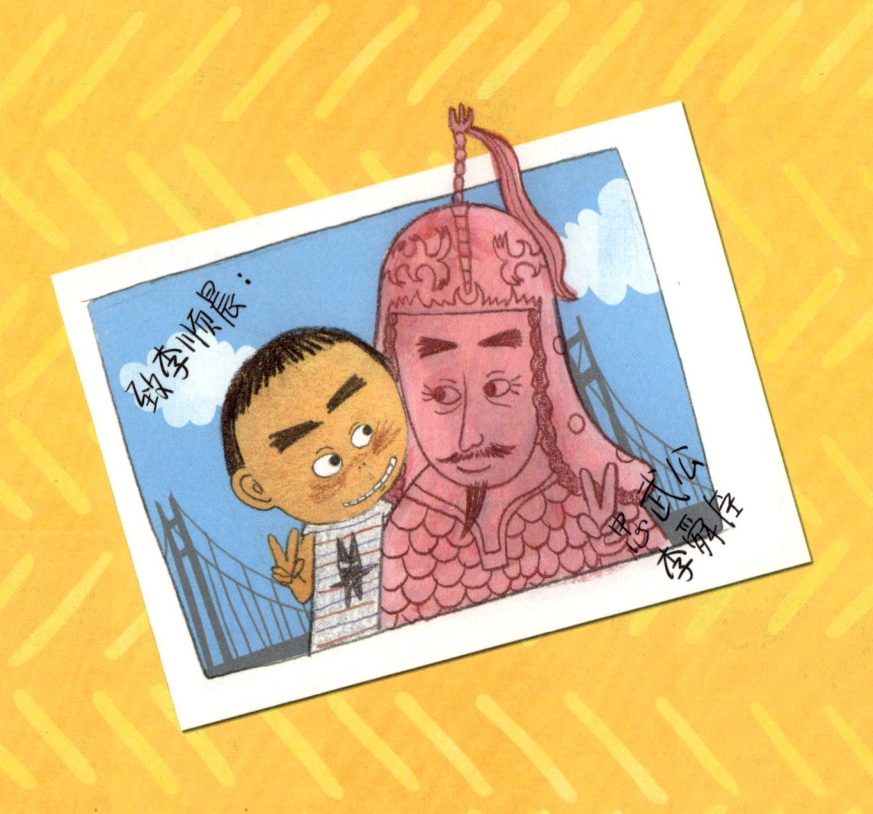

唐太宗 李世民

第4章

李顺晨见到了李舜臣！

"等一下，叔叔……不，博士！"

演讲结束后，我朝着白建宇博士离开的方向追了出去。白博士听到我的声音后，停住了脚步。

"顺晨，怎么了？"

"您……您把背包落在房间里了。"

本来还想说"您把唠叨大王托马斯·特尔福德也落下了"，最后还是忍住没说。没想到白博士歪了一下头说："什么背包？"

"就是那个旧书包啊，里面还有一个日记本，一副眼镜,几个硬币。"

"我没有这样的书包啊……"

"啊,那,那是谁的书包啊?"

"我也不知道呀,是不是其他客人落下的?我的行李全都带走了,一件都没落下。"白博士回答道。他一定想不到我被吓了一跳,脑子嗡嗡地响,背包如果不是白博士的,那它是从什么地方蹦出来的呢?还有那个托马斯·特尔福德爷爷,该拿他怎么办?

就在我皱着眉头想来想去时,白博士对我说:"明天到我的研究所来吧,要和你的那些朋友一起来吗?"

"朋友?"

回头一看,明哲和冬九正站在那里。和明哲对视时,他朝我笑了一下,笑得非常尴尬。

白博士留下了他的名片,告诉我们去研究所前,提前给他打电话。我手里拿着名片,呆呆地站在那里。

"这是白博士亲手做的吗?"明哲走过来,看着大桥模型问道。我气鼓鼓地看着他,并没有回答他的问题。

"没想到你对桥梁那么了解。"

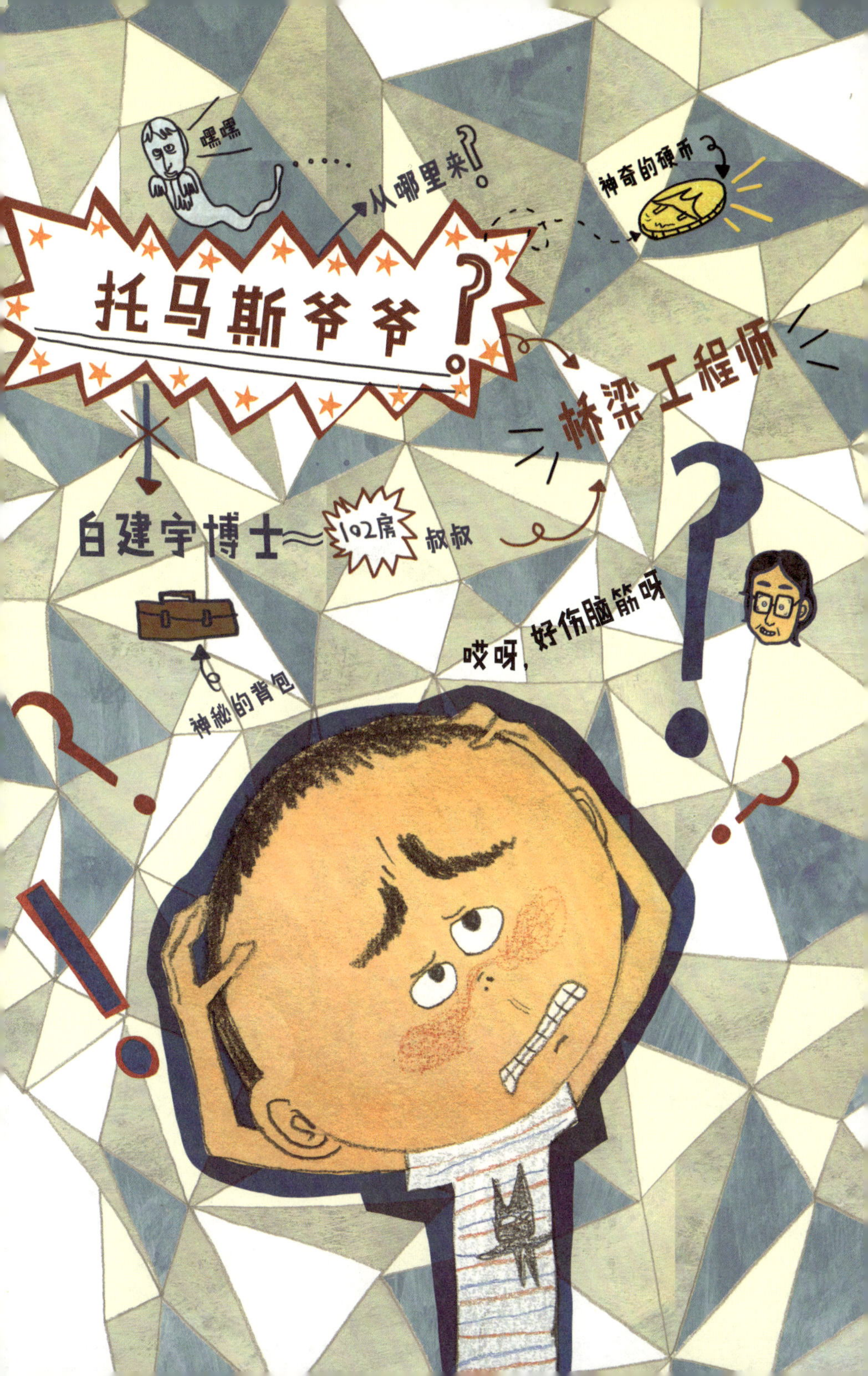

嘿嘿
从哪里来？
神奇的硬币
托马斯爷爷？
桥梁工程师
白建宇博士
102房
叔叔
哎呀，好伤脑筋呀
神秘的背包

"怎么，我只能什么都不如你们吗？"我有些生气地说。

明哲低下了头。

"我们不是那个意思。"冬九在一旁劝道。

眼泪在我眼里打转，一想到平时明哲和同学们误会我、不理我，我就非常非常难过。

"对不起……"明哲向我道歉。

我用手背擦了擦眼泪，对他说："你是不是因为想去白博士的研究所，所以才突然道歉的？"

"嗯……"

明哲说他的梦想也是建造大桥。他和我拥有一样的梦想。他还说，之前他在网上、在书上看到的建造桥梁的知识都很难懂，他觉得找到成为桥梁工程师的方法实在是太难了。

"你是跟谁学的那些桥梁知识？"

"托马斯爷爷教给我的。"

"托马斯是谁？"

我想了一下，决定不告诉他真相："是我的外公，我外公是非常有名的桥梁工程师。"

"啊，是这样啊。"

虽然知道这样说很对不起外公，但这是介绍托马斯爷爷最好的方法了。

我在心里默默地念着"对不起，外公"，然后继续说着谎话。

"我能不能见一见你的外公？"

"不能，我外公不会说韩语。"

"啊！"

看起来明哲真的很想见一见外公，可是一旦让他知道托马斯爷爷是一个幽灵，他肯定被吓得半死，没准还会到处跟同学们说我是个怪人，能和幽灵讲话。与其这样，还不如不告诉他真相。再说了，我外公真的是外国人，这样算过来，我也不算撒谎了。

本来打算那天晚上给白博士打电话，告诉他明天我要和同学们一起去参观他的研究所。偏偏新闻里说从晚上开始台风就要来了。

"为什么偏偏是今天晚上开始刮台风啊？那明天就去不成白博士的研究所了。"

就在我嘀嘀咕咕地抱怨时，突然身后传来了托马斯爷爷的声音："可不要小看这次的台风，现在正在建的那座大桥很可能会被台风吹倒。"

"白博士说了，那座桥非常坚固，一点都不怕刮台风。"

"傻瓜！这次的台风是住在丽水海域的幽灵们制造出来的，就是那些倭寇幽灵，他们制造的这次台风很厉害，里面增加了幽怨的力量。"

不要啊！

"幽……幽怨？"

"我们幽灵之间会经常互相传达一些消息，我也是前一阵子听其他幽灵提到了这次台风。"

"他们说什么了？"

"听说他们把心里的幽怨聚集在一起，形成了台风，打算用这次台风把那座大桥给毁了。"

"台风真的可以把大桥吹倒吗？"

"一般情况下不会。建在海上或者建在河上的大桥看起来承受着很多种力量，其实它受到的力主要有两种，一种是压力，一种是拉力。"

"什么是压力？拉力又是什么？"

我真是丈二的和尚——摸不着头脑。

"压力就是向下压的力量，拉力就是向外拉的力量。你在拉一根绳子的时候，绳子受到的就是拉力；你用锤子敲钉子的时候，钉子受到的就是压力。"

托马斯爷爷让我想象用手拉一扇门的把手，当我想要把门拉开时，胳膊受到的力就是拉力；当我要用力向外推门的时候，胳膊感受到的就是压力。

"当我们要把一个物体拉长时，物体就处于拉伸状态；

当我们想把一个物体压短时，物体就处于压缩状态。不管是建筑还是桥，它们都是或者处于压缩状态，或者处于拉伸状态。"

托马斯爷爷说，要想把一座桥建得结结实实，必须选择强有力的建材，让大桥能同时承受住压力和拉力。

"像石头、砖头、混凝土这些都是很能承受压力的材料，但是它们受到拉力时，可能会碎掉或产生裂痕。相反，缆绳、竹子、铁丝、钢筋承受拉力的能力很强，但是当承受压力时，它们很可能会被压得变形，很难维持原来的形状。"

"那怎么办啊？"

"所以人们选择使用钢筋混凝土啊，钢筋混凝土就是在混凝土里放上钢筋，混凝土能承受压力，钢筋能承受拉力，所以钢筋混凝土就是能同时承受压力和拉力的好材料。"

"哇，原来是这样啊。"

"听说现在的钢筋混凝土用的都是钢索，比原来的更结实。我还从没见过这种钢筋混凝土呢，现在的人都叫它预应力混凝土……"

97

"白博士建的桥就用了这种钢筋混凝土或者预应力混凝土吧？"

"应该是吧。"

听到这里我才算放心了，可是托马斯爷爷却说现在放心还为时尚早。

"幽灵们可以钻进混凝土里，让混凝土裂开。"

"真的吗？"

"对啊，大桥出现了裂缝就没那么结实了，再让大风一吹、海浪一拍，肯定会倒的。"

"那大桥现在很危险啊！"

我拿起电话给白博士拨了过去，必须赶紧把这个消息告诉他。可是电话一直打不通。

那天晚上，我站在窗前望向外面，海浪拍打着海岸，雷声震天响，盖在房顶上的防雨布被大风卷上了天，瓦片也哗哗地掉了下来。雨大得好像要把大地砸出一个大窟窿，风大得好像要把窗户吹跑。

我实在是待不住了，于是出了门，向大桥工地的方向走去。哥哥跟了出来，托马斯爷爷也跟了出来。

"哥哥，回去！"

"不要！我和你一起去。"

我本想把哥哥拉回家，可是我的力气不如哥哥大，最后实在没办法，只能紧紧地抓着他的手，带着他一起去了。

"天哪！"

大桥工地附近的海面上熙熙攘攘的都是幽灵。他们正缓缓地往桥上爬，看来他们是真的想要破坏大桥的钢筋混凝土。

"走开！离大桥远点！"

情急之下我都忘记了害怕，大声喊了出来。幽灵们纷纷看向我。天空中电闪雷鸣，好像要和那些幽灵一起对我发起攻击。这时我感到害怕，头发都快竖起来了。哥哥哭起来，他也被吓到了。

托马斯爷爷不知道跑哪里去了。现在的情况真的很不妙。

"现在……现在该怎么办？"

就在这时，桥下传来海水翻腾的声音，吓得我一下子坐在地上。一定是有更大、更可怕的幽灵要出来了，我的手指已经僵住了。不一会儿，大雾后面驶出来一艘巨大

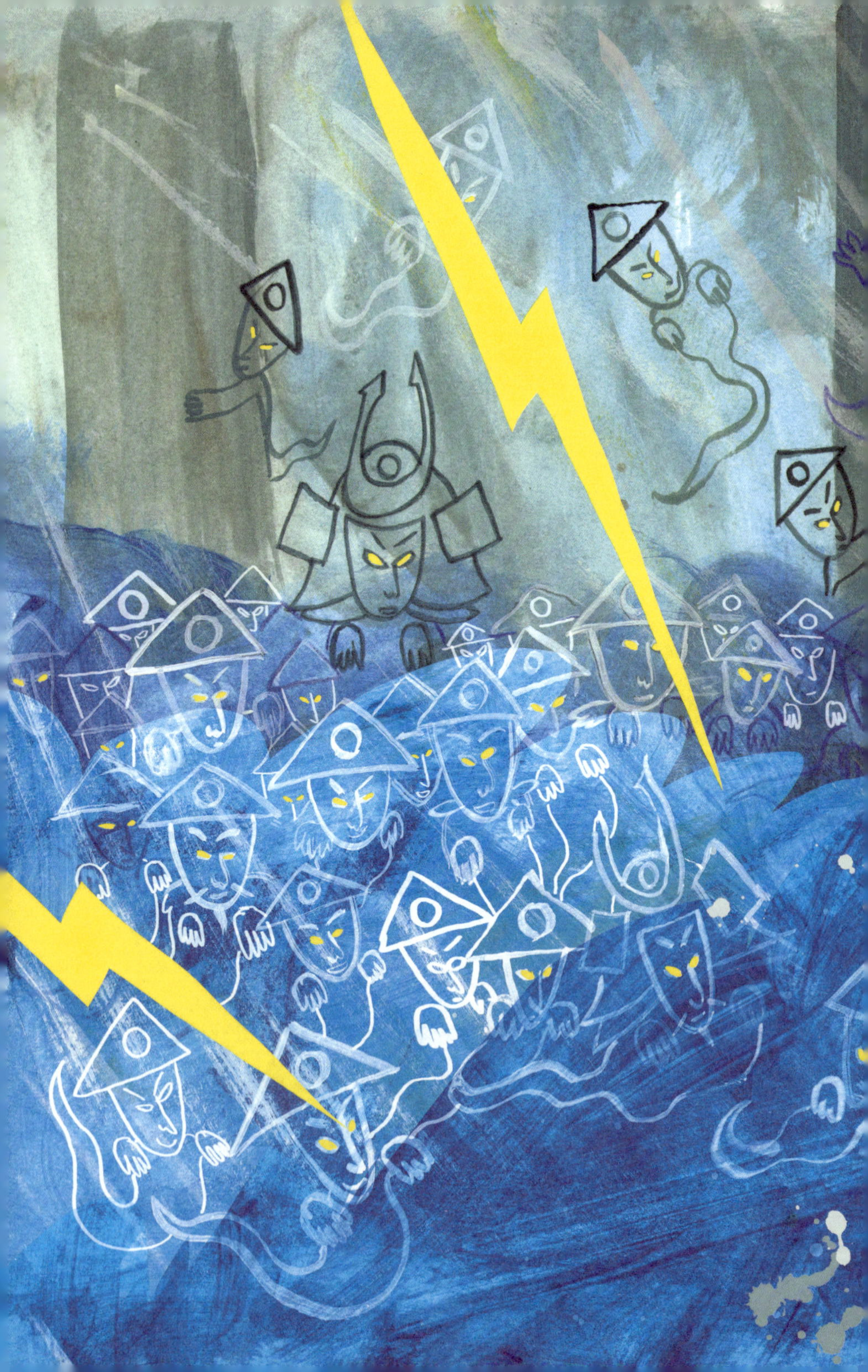

都给我离大桥远点!

的船。

"龟、龟船?"

眼前的一幕让我惊呆了。这艘船和我之前想象的龟船不太一样。我一直以为龟船肯定是用铁甲包裹着的,可是眼前的船全是用木头做的。船头放着一个看起来凶巴巴的龙头,龙嘴张着,好像可以用来发射大炮,龙背上有很多很尖的甲片,用来防止敌人爬上船。船上有很多小孔,可以在船舱里向外望,船外的人却看不到船里有多少人。

"冲啊,全速前进!"

空中传来数百名士兵的呐喊声,震耳欲聋。不一会儿,船就开到了大桥下面。

"进攻!"

站在龙头旁边的统领一声令下,大炮就从船里轰轰地发射出来。倭寇幽灵被打得四散开来,到处都是他们的惨叫声。不过一眨眼的工夫,刚刚还乌泱泱地聚在桥下的倭寇幽灵全都消失了。这时统领拔出大刀喊道:"干得漂亮,我的士兵们!朝鲜王朝的大海由我们来守护!"

我一动也不动地望着那个统领,这时,他看向了我。

"你是谁?"他站在龙头旁边问道。

"我……我叫李顺晨。"

"什么？"

统领对我的名字很惊讶："我也叫李舜臣。"

"原来您是……您是李舜臣大将军啊，我真的很佩服您，能和您的名字读音一样我感到很荣幸。"

我怎么突然胆子这么大？居然一点都没觉得害怕。将军看着我一点也不害怕的样子，哈哈地笑了起来。

"这个时间你在这里干什么呢？"

"我怕那些幽灵把大桥给毁了，所以赶紧跑过来了。"

"你能有这份心意真是不错，别担心，这座桥有我守着呢！"

"谢谢您，将军。"

我向将军道了谢，将军却说他应该谢谢我才对。他说多亏了我朝着那群幽灵大喊了一声，给他争取了守护大桥的时间。

"多亏你为我争取了时间，我才能把那些倭寇一网打尽。"

李舜臣将军说了句真为我感到骄傲后就消失了。我就像刚从梦里醒过来一样呆呆地看着大海，刚才还呼啸着的

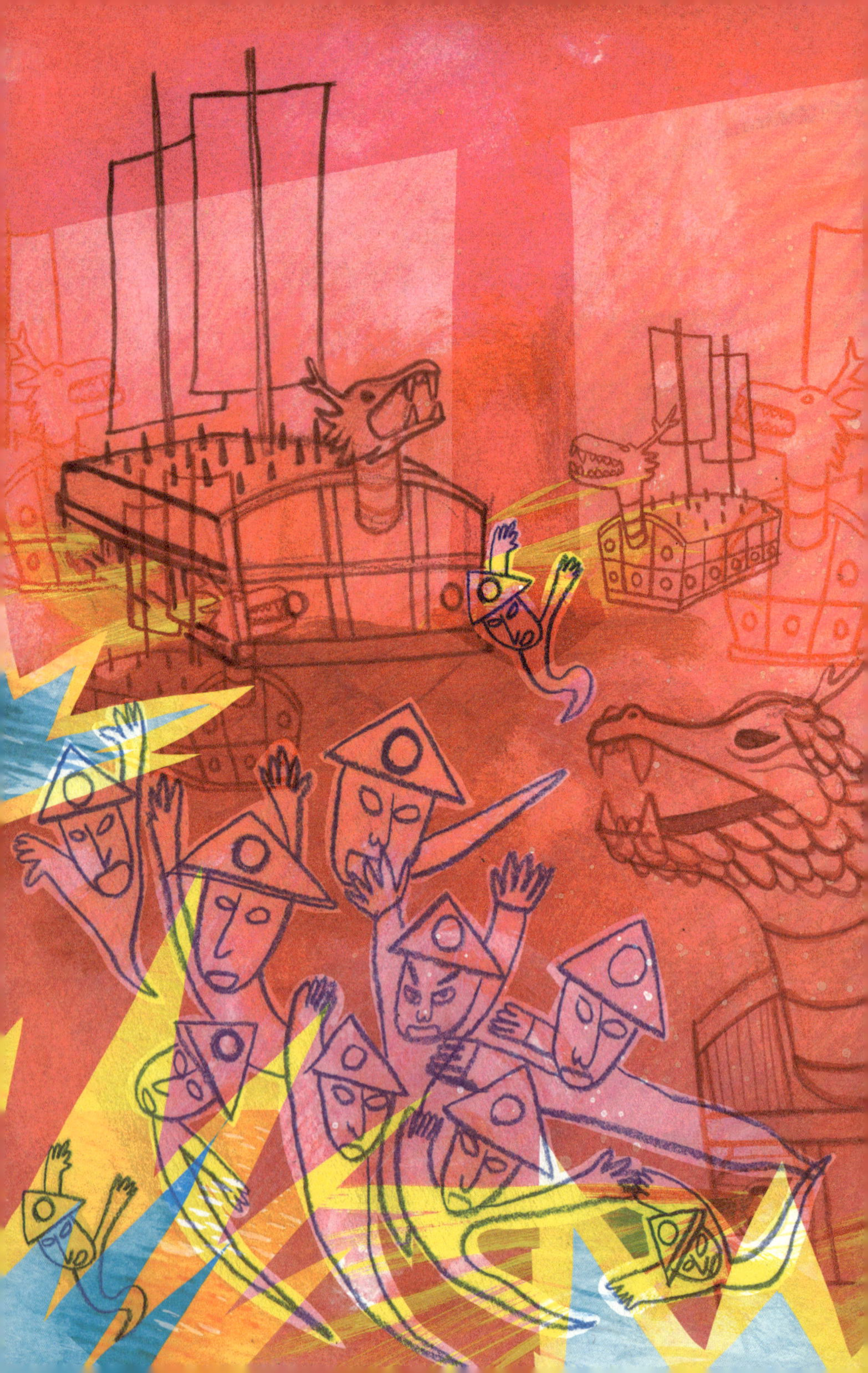

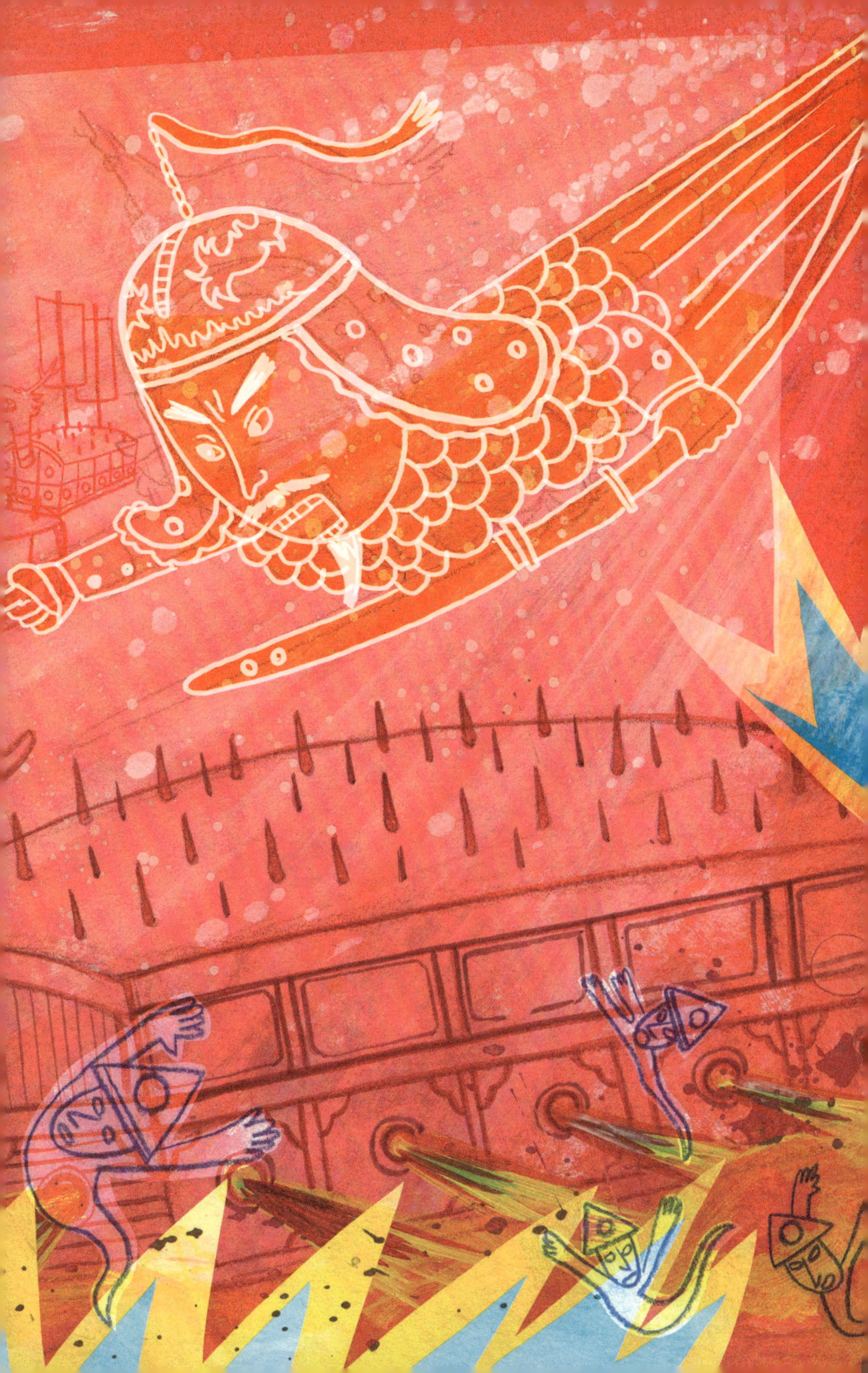

暴风雨居然逐渐平静下来，乌云也慢慢消散了。倭寇幽灵消失了，台风也跟着消失了。

"啊，对了，哥哥！"

这时我才发现哥哥不知道去哪里了，我赶紧寻找哥哥。可是，不管我怎么大声喊哥哥的名字，不管我怎么找

也没找到他。

"哥哥——"

一想到哥哥不见了,我脑子里就一片空白。我突然想到爸爸叫我照顾好哥哥时的样子。

我像疯了似的在工地上跑来跑去。这时工地里面传来沙啦沙啦的声音。我赶紧往传出声音的方向跑了过去。

"顺晨!"

跑过去一看,不是哥哥,而是白建宇博士。白博士正在叫醒哥哥,哥哥脸上带着泪,看来是哭着哭着就睡着了。

"怎么回事?你们怎么会在这里?"

"白博士……"

我把之前的事都告诉了白博士,白博士听了很震惊。

"李舜臣,李顺晨……你的意思是你和李舜臣将军一起守护了这座大桥吗?"

白博士把我送回了家,路上他一直在念叨着什么。

后来,有一天我正在看电视,突然看到白博士出现在电视里。他说他已经决定好了大桥的名字。

"我决定把这座桥命名为'李舜晨大桥'。"

"您为什么起了这个名字呢?"主持人问道。

白博士坚定地说:"这座桥多亏了李舜臣大将军的守护才能顺利完工,同时还有一个非常爱这座大桥的少年,他的名字叫李顺晨,所以我决定起这个名字。"

"李舜臣大将军守护了这座桥?"主持人疑惑地问。

"之后我会慢慢公布具体细节的,一次性说得太多可能会吓到大家。请大家一起欢庆大桥竣工!"

"啊……好的。恭喜您顺利完工。白博士,您现在可以说是一名非常出色的世界级桥梁工程师了,请问您以后想要建造什么样的桥梁呢?"主持人又问道。

"您有没有走完过汉江上的大桥?有的时候,桥上的车呼呼地奔驰而过,整座桥都有一些晃动,人们走在桥上,有时会被车流带起的风吹得站都站不稳。不仅如此,汽车带起的尘土被吸进体内,对人的身体非常不好。我以后要对这种桥梁进行改造,建造双层大桥。在上层种上树和花,把它建成美丽的花园,然后留出一条路,让行人或者自行车通行。下层建成现在桥梁的样子,让车辆通行。"

听着白博士的话,我想象着未来汉江上的大桥的样子——拆掉一些桥墩,让游轮可以顺利通过。如果再在桥

白建宇 / 桥梁工程师

"李舜晨大桥"竣工

上刻上美丽的壁画，装上漂亮的灯，人们坐在游轮上就能欣赏这些美景那就更好啦。

白博士接着说："另外，还要在桥上安装智能车道，防止交通事故的发生。这种智能车道是在普通车道的基础上装上感应器，防止汽车偏离车道，这样也就能防止交通事故的发生。还可以在桥梁的信息终端增加该地区的天气情况和通行情况报告。"

"啊,原来如此,好的,白博士,由于时间关系,我们今天就……"

"请等我说完,我还有一个想法,那就是在城市的高楼大厦之间也建起桥梁,连接起两座大厦,这样的话,还可以在此基础上建起空中铁路,不是吗?"

"没……没错。"

"您希望以后的桥长什么样子呢?"

听到白博士的问题,主播紧张得汗如雨下。最后,节目直接被中断了,开始了广告时间。

我看着电视扑哧一声笑了出来。这时奶奶的手机响了,屏幕上显示的是国际长途。

"是爸爸吗?"

我接起电话。爸爸的声音传过来。

"是顺晨吗?这两天过得好吗?"

"过得很好,爸爸。外公怎么样了?"

"外公没事,他说非常想你们。"

爸爸让我换成视频通话,我赶紧按下手机按钮。这时,屏幕上出现一个我从来没见过的人,可是又有些面熟。

"李……顺晨？"

外公用非常奇怪的发音叫了一声我的名字。

我应了一声，然后就不知道该说什么好了。这时外公眨了眨眼睛，对我说："爱你哟。"

听到这句话，我的眼泪一下子就流了出来。虽然外公一次都没有见过我，可是我能感觉到他非常非常想我。

"我也爱您，外公。"我忍住哭声，对外公说道。这时，妈妈也出现在屏幕里。

"顺晨，妈妈就快回去了。哥哥最近还好吗？"

"他很好。"

"对不起啊，妈妈让你担心了。"

"妈妈，我想你。"

"妈妈也想你。"

爸爸妈妈已经四天没有来过电话了。听说越南现在还有很多地方没有建设基站，所以有时候走着走着手机就没信号了。我在心里默默地祈祷，希望爸爸妈妈快点回来。

几天后，白建宇博士打来了电话。他说想邀请我和哥哥一起去参加李舜晨大桥竣工仪式，他还说没有人比我更爱这座大桥了，如果我能去参加竣工仪式，他会非常开心。我非常开心地答应了。

举办竣工仪式的那一天,白博士派了一辆车来接我们。去的路上我们还接上了冬九和明哲。他们两个可是在同学们面前炫耀了好几天,说要去参加李舜晨大桥的竣工仪式。

"顺晨!这边!"

我们刚一到,白博士就来迎接我们了。

我和同学们，还有哥哥，一起手拉手走进举办李舜晨大桥竣工仪式的场地。场地里有很多来自世界各国的记者，大家对李顺晨大桥的雄伟壮丽赞不绝口。

"这座桥太棒了！"

"这是亚洲，不，这是世界上最宏伟的大桥。"

听到他们的话，哥哥又开始背起了百科全书。

"2013年完工的中国的嘉绍大桥是当时世界上最长的多塔斜拉桥，全长10.137千米。该大桥横跨杭州湾，是一座双向八车道跨海大桥。

有记者过来想要给我和哥哥拍一张照片。我拉着哥哥的手，开开心心地摆了个姿势。相机咔嚓一声好像吓到了哥哥，哥哥缩了一下身体。这时，托马斯爷爷突然出现在哥哥面前："别乱动，动就拍不好了。"

"爷爷，您不是逃跑了吗？"

"谁……谁逃跑了！我只是暂时休息了一下。"托马斯爷爷厚脸皮地回答道。

过了一会儿，就到了大家一起穿过大桥的环节。我和哥哥、托马斯爷爷、冬九、明哲，还有白博士，手拉着手，肩并着肩，一起穿过了大桥。

旁边的记者纷纷按下手中的快门键。

走在大桥上时,我暗暗地下了一个决心——等我长大了,要成为世界上最棒的桥梁工程师,建造出世界上最棒的大桥。我猜明哲也和我一样暗暗下了决心。

走完大桥后,我们又回到了仪式场地,吃了一些小点心,喝了一些饮料。托马斯爷爷也在拼命地往嘴里送吃的。

"托马斯爷爷,您到底是从哪里来的?白博士说那个封印住您的背包不是他的……"

我拿出之前在背包里发现的太阳镜玩了起来。看到我手里的太阳镜,白博士的眼睛瞪得圆圆的。

"顺晨,这个太阳镜是哪里来的?"

"之前我不是跟你说过一个背包吗,这就是那个背包里的。带上这个就能看到幽灵,看到一个话有点多、有点唠叨的爷爷。"

我边说边看了一眼白博士,他的眼睛湿润了。

"白博士……"

"这是我那意外去世的父亲的遗物。"

白博士小心翼翼地拿起了那副太阳镜。

我好像知道为什么会突然出现一个奇怪的书包,也知道为什么会突然冒出一个托马斯爷爷了。

"白博士,我觉得托马斯爷爷是为了安慰你才出现的,因为你之前一直因为李舜晨大桥不能完工很难过。"

为了这座大桥多少人挥洒着汗水,想到这里,眼前的大桥好像变得更美了。

请介绍一下李舜臣大桥！

李舜臣大桥位于韩国全罗南道丽水，是一座连接光阳市和丽水市的悬索桥，全长2260米，宽25.7米，往返四车道。李舜臣大桥有很多可圈可点之处：第一，它的主跨长度为1545米，是韩国主跨长度最长的桥；第二，它的主塔高度为270米，比N首尔塔和63大厦还要高；第三，从地面到桥面的高度约为80米，相当于已经超过了20层楼的高度，超大型船只都可以顺利在桥底通过。

可是为什么叫它李舜臣大桥呢？这座桥刚开始建造时，它的名字其实叫光阳大桥，大桥建

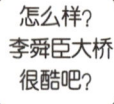

怎么样？
李舜臣大桥
很酷吧？

在了丽水市的猫岛和光阳市的金湖洞之间，这片海域就在露梁海峡附近，正是当年壬辰卫国战争时爆发露梁海战的地方。为了纪念为露梁海战取得胜利做出重大贡献的李舜臣大将军，人们把这座桥的名字改为李舜臣大桥。同时将主跨长度设计成1545米，这个数字正是李舜臣将军的诞生年份。

李舜臣大桥的建成让丽水到光阳的行车时间从80分钟减到10分钟，大大降低了物流成本，同时带动了光阳市的产业发展，因此它的实用性也吸引了世界的目光。2012年丽水世博会召开时，李舜臣大桥所展现出的造型美以及独具特色的桥梁技术赢得了世界友人的赞叹。

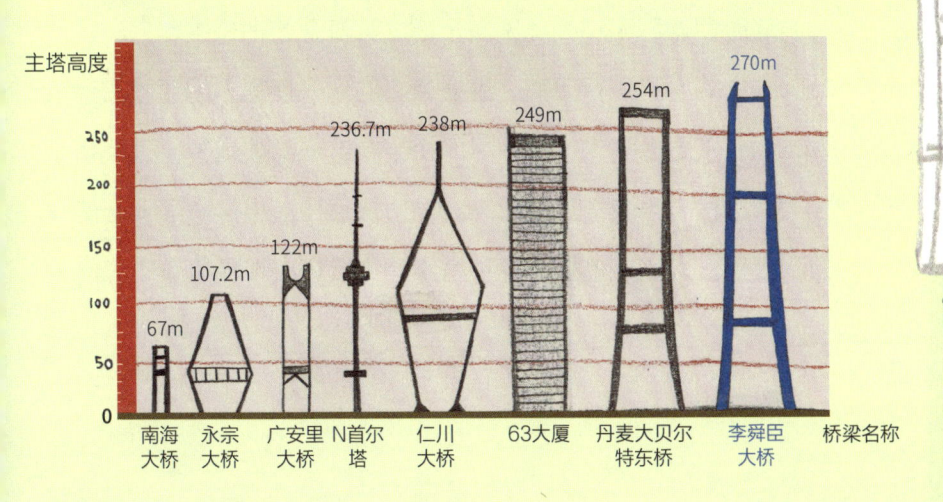

主塔高度

桥梁名称	主塔高度
南海大桥	67m
永宗大桥	107.2m
广安里大桥	122m
N首尔塔	236.7m
仁川大桥	238m
63大厦	249m
丹麦大贝尔特东桥	254m
李舜臣大桥	270m

桥梁工程学是一门什么样的学科？

桥梁工程学是一门研究桥梁勘探、设计、施工、养护、检定等所有过程的学科。桥梁工程是土木工程的一个分支。土木工程学涉及道路、铁路、桥梁、港湾等多种城市基础设施建设相关内容，所以土木工程学和道路工程学、桥梁工程学、水道工程学等学科密切相关。也可以说，土木工程学是一门和人类历史紧密相关、促进人类文明发展的学科。

前面讲过古代桥梁的主要材料是石头和木头，它的主要目的是帮助人类方便、快捷地跨过江河或海洋。文艺复兴时期伽利略和列奥纳多·达·芬奇开始把桥梁作为一门独立的学科进行研究。工业革命的到来使得人们对物资运输有了更多需求，数不尽的桥梁在这一时期诞生，近代桥梁工程学也随之发展起来。为了快速建造出又长又安全的大桥，人们开始钻研各种桥梁建筑技巧。现代桥梁不仅能改变当地的经济状况、开启新的历史篇章，而且已经成为科学技术和文化发展的代表，比如美国旧金山的金门大桥已经成为世界名胜。所以桥梁工程学既要研究桥梁的经济性、安全性，还要使桥梁和周边的自然环境交相呼应，以造型优美成为旅游资源。

原来桥也能成为城市的亮点啊！

要想成为桥梁工程师，应该学些什么呢？

目前韩国的大学还没有设立桥梁工程学这门学科，想学习桥梁工程，可以选择土木工程专业（截止到 2013 年）。社会环境系统专业、建设系统工程专业也是和桥梁工程有关的专业。

前面讲过桥梁工程学是一门专门研究桥梁设计和建造的学科，你还记得吗？可是要想建造一座大桥，其实需要很多领域的知识作为支撑，包括结构工程学、岩土工程学、

环境工程学、测量与 GIS[①] 等。所以建造桥梁时，从这些学科角度出发我们要考虑哪些内容呢？听我来讲一讲吧。

结构工程学方面关注的是怎样设计出不怕台风、地震等自然灾害的建筑和大桥。特别是建在海上的桥梁，要能承受得住强风、海啸等自然灾害。

岩土工程学方面关注的是把桥建在什么样的地方以及怎样具体施工。只有建好牢固的地基，大桥才能安全，不是吗？

环境工程学方面关注的是建筑和桥梁是否给环境带来了不好的影响，是否会造成环境污染，等等。

测量与 GIS 则是运用地理信息系统和各种仪器勘测桥梁周边地区的海洋深度、土层厚度，测算高度、距离、位置，以及各个角度、方向等。

除此之外，桥梁工程师还要学习很多很多知识。只要你有决心、有毅力，怀揣着建造无与伦比的大桥的梦想，那么无论学习多难，你都会充满斗志的！

[①] GIS：geographical Information system 的缩写，意为"地理信息系统"，是由计算机网络系统支撑，对地理环境信息进行采集、存储、检索、分析和显示的综合性技术系统。

未来的桥梁是什么样的？

桥梁工程学在飞速发展。以后，人们将不会再追求最长的大桥，也不会再追求最高的大桥，追求规模的时代将一去不复返。未来人们将会追求和大自然交相辉映、不怕地震和台风等自然灾害的大桥。

到目前为止，大桥都是用钢筋和混凝土建成的。未来的大桥将会使用玻璃纤维、增强塑料等特殊材料。到那时，大桥将变得更加轻盈、更加结实，即使过了千百年，也不会生锈。

不仅如此，以后桥梁还会自己修复、自动报警。即使只是裂开了一点缝隙，或是生了一点锈，桥梁也会通过专门的传感器发出安全诊断信号，防止可能发生的事故。再在桥上种好花花草草，人们就可以在河流和大海的上空散步了。这些伟大的事，还需要你们这些想要成为桥梁工程师的小朋友们去完成。怎么样？是不是很酷？

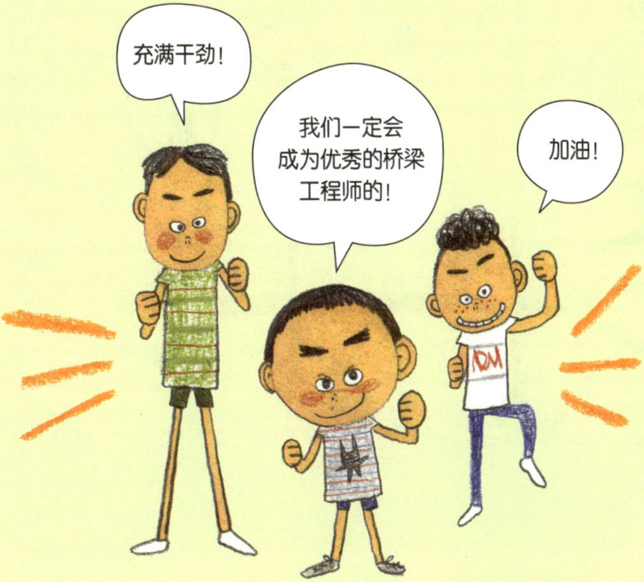
充满干劲！
我们一定会成为优秀的桥梁工程师的！
加油！

小测试

1. 下面哪种东西不能通过桥梁运输、传输或行驶？

① 水　② 电　③ 火车　④ 飞机　⑤ 人

答案

2. 猜猜我叫什么名字？

我出生于1937年，是世界上最美丽的悬索桥之一。我也是美国旧金山的地标性建筑，是一个叫作约瑟夫·施特劳斯的人设计了我。所有人都觉得不可能，但是这个人还是凭借着过人的意志力，仅花费四年时间建造了我。我的身体是橘红色和朱红色的，一到晚上，打开照明灯后，我会散发出金色的光芒。

答案

3. 下图中的桥是用什么建成的?

这座桥叫作醉香桥。在韩国首尔的景福宫内有一个莲花池，池中心有一座亭子叫香远亭，这座桥是为了连接池岸和香远亭而建造的。

答案

4. 连线题：请将图片和正确的桥梁类型连接在一起。

❶　　　　　　　　　　　ⓐ 悬索桥

❷　　　　　　　　　　　ⓑ 斜拉桥

❸　　　　　　　　　　　ⓒ 梁桥

❹　　　　　　　　　　　ⓓ 拱桥

正确答案
1. ❹ 2. 用门及桥 3. 木材 4. ❶—ⓒ, ❷—ⓓ, ❸—ⓐ, ❹—ⓑ

图书在版编目（CIP）数据

连接梦想的大桥 /（韩）徐志源著；（韩）权松二绘；高思宇译 . -- 北京：中信出版社，2023.6
（"小学生前沿科学奇遇记"系列）
ISBN 978-7-5217-3707-3

Ⅰ.①连… Ⅱ.①徐… ②权… ③高… Ⅲ.①长篇小说—韩国—现代 Ⅳ.① I312.645

中国版本图书馆 CIP 数据核字（2021）第 253803 号

내 꿈을 잇는 다리, 이순신대교
Text copyright © 2013 by Seo Jiweon
Illustration copyright © 2013 by Kim Seonghee
All rights reserved.
Originally published in Korea by Gimm-Young Publishers,Inc.
This Simplified Chinese edition was published by CITIC Press Corporation in 2023 by arrangement with Gimm-Young Publishers,Inc.through Arui SHIN Agency & Qiantaiyang Cultural Development (Beijing) Co., Ltd.

本书仅限中国大陆地区发行销售

连接梦想的大桥

（"小学生前沿科学奇遇记"系列）

著　者：[韩]徐志源
绘　者：[韩]权松二
译　者：高思宇
出版发行：中信出版集团股份有限公司
　　　　　（北京市朝阳区东三环北路27号嘉铭中心　邮编 100020）
承　印　者：宝蕾元仁浩（天津）印刷有限公司

开　本：880mm×1230mm　1/32　　印　张：4.25　　字　数：100千字
版　次：2023年6月第1版　　印　次：2023年6月第1次印刷
京权图字：01-2021-5708
书　号：ISBN 978-7-5217-3707-3
定　价：19.80元

出　品：中信儿童书店
图书策划：将将书坊　　策划编辑：张慧芳　高思宇　　责任编辑：王欢
营销编辑：杜芳　　封面设计：周宴冰

版权所有·侵权必究
如有印刷、装订问题，本公司负责调换。
服务热线：400-600-8099
投稿邮箱：author@citicpub.com